民国大师经典书系

张恨水／著

烟雨纷繁，负你一世红颜

北京理工大学出版社

图书在版编目（CIP）数据

烟雨纷繁，负你一世红颜 / 张恨水著. — 北京：北京理工大学出版社，2016.4

ISBN 978-7-5682-1200-7

Ⅰ. ①烟… Ⅱ. ①张… Ⅲ. ①散文集—中国—现代 Ⅳ. ①I266

中国版本图书馆CIP数据核字（2015）第298999号

出版发行 / 北京理工大学出版社有限责任公司
社　　址 / 北京市海淀区中关村南大街 5 号
邮　　编 / 100081
电　　话 /（010）68914775（总编室）
（010）82562903（教材售后服务热线）
（010）68948351（其他图书服务热线）
网　　址 / http: //www.bitpress.com.cn
经　　销 / 全国各地新华书店
印　　刷 / 三河市金元印装有限公司
开　　本 / 889 毫米 × 1194 毫米　1/32
印　　张 / 9.375
字　　数 / 220千字
版　　次 / 2016 年 4 月第 1 版　2016 年 4 月第 1 次印刷
定　　价 / 35.00元

责任编辑 / 刘　娟
文案编辑 / 刘　娟
责任校对 / 孟祥敬
责任印制 / 边心超

民国大师经典书系

目录

山窗小品

山城回忆录

两都赋

蓉行杂感

西游小记

北海旧燕

文苑语丝

山窗小品

短案

所居在一深谷中，面山而为窗。窗下列短案，笔砚图书，杂乱堆案上。堆左右各一，积尺许，是平坦之地已有限。顾笔者好茶，案头必有茗碗。笔者好画，案头又必有颜料杯。笔者虽已戒绝纸烟，报社主人怜其粮断而文思将穷，不时又馈以烟，于是案头亦必有烟盒与火柴。笔者患远视，写字必架镜，故案头常有镜盒。且邮差来，辄隔窗投书，或有挂号信，必须盖章，求其便利，而图章印盒亦置案头。此案头是何景况，乃可想象，而笔者终年伏案，亦复安之若素焉。回忆儿时好洁，非窗明几净，焚香扫地，不耐读书，实太做作。且曩时居燕都，于花木扶疏之院宇中住十余年，书斋参酌今古，案长六七尺，覆以漆布，白质而绿章。案上除花瓶坛炉外，惟檀架古砚一，御瓷笔筒一，碧蓝水盂一，他物各有安置之所，非取用不拦入案上。今日面对蜂窠，身居鸟巢，殆报应也。

未入乡时，曾于破货摊上，以法币三角，购得烧料之浅紫小花瓶一。瓶未遭何不幸，随余五年于兹。在乡采得野花，常纳水于瓶，供之笔砚丛中。花有时得娇艳者，在绿叶油油中，若作浅笑。余掷笔小思，每为之相对粲然。初未计花笑余案之杂乱，抑笑主人之犹能风雅也。此为短案上之最有情意者，故特笔记之。

笔者按：校阅此稿日，隔时又一易裘葛。瓶为小女碎，已数月矣，为之惘然。

涸溪

窗前有小廊，面溪而立。顾非山洪陡发，溪中终年不见水，名为溪，实非溪也。溪岸在茅檐下，有花草数十株。隔岸则为人家菜圃，立竹一丛。花竹夹峙下，涸溪中乱草丛生，深可二三尺。春日购鸡雏七八头以娱稚女。雏渐大，女不复爱之。家人又厌其随处遗矢，驱之入溪，与二三大鸡伍。雏得之，乃大乐，日钻营草丛石隙，以觅小虫。当其未至涸溪时，山雕常盘旋空际，其欲逐逐，攫之，一如其觅小虫然。家人未防，尝失其二。彼既入溪，雕来，闻大鸡咕咕呼警报，即潜伏草根，使雕无可下箸处，在雏，钢骨水泥之防空洞不啻也。

涸溪之情景如此，故主人邻溪而不常得溪之乐。惟夏日暴雨，山洪挟泥沙以俱下，溪中水忽盛至。窗左，溪中倾丈许，巨石嵯峨横卧之。水狂奔而来，至此又突作势下注。但见黄波翻涌，如千百条蛟蛇下饮溪底，争前恐后。而其淙淙铮铮，又如海面遥闻炮战。若值雷雨大作，水声，雨声，雷声，混而为一，则茅屋在山摇地动中矣。有时夜半在枕上，突闻户外万马奔腾，疑暴风雨来，即惊起，启户视之。实则两山黑影巍巍，平静无事。仰观天空，两三星点，在黑云中闪烁作光。察声所在，在涸溪中，盖前山大雨，山洪自上游来也。一年约得此景可一二回云。

竹与鸡

涸溪对岸有竹一丛，正临吾窗。竹上为斜坡，下为溪沿，丰草环绕前后，差免玩童砍伐。故去夏为七竿，今春已得十二竿，上旬有笋新出六七枝，秋初可得二十余竿矣（校此稿时，已有四五十竿矣，此为茅居差强人意者）。

竹虽不多，枝叶极茂，长者达丈六七尺，短者亦丈一二尺，枝头如孔雀之尾，依依下垂。雨露之后，枝叶垂头愈深，余每慵书腕酸，昂首小憩，则风摇枝动，若对余盈盈下拜也。竹以枝叶盛多故，其下作浓阴。每当炎日当空，大地如火，家中群鸡，悉集竹阴长草中，悄然伏卧。中有雄鸡一头，高脚白羽而红冠，独不睡，翘然立竹根，垂叶遥覆其顶。既而邻村有午啼声传来，雄引颈长鸣以应之，若不甘让。邻鸡再三唱，雄亦再三应之，直至邻鸡先止而后已。时有蝉声吱吱然，嘈杂竹梢上。雄偏其首，以一目斜视树上。若答曰："尔何物？鸣我上也。"以竹之绿，映鸡之白。配以丰草在下，微虫在上，俨然一幅妙画。

时渝市热浪，正传达一百零八度，余隔窗外视，乃忘盛暑。

泥里拔钉

谷之东侧为建文峰，巴县名胜也。峰作两层，主峰如埃及金字塔，树木畅茂，绿茸茸耸立半空。其下得坦地，界上下为两层，下层峦脚直斜，为窗外长谷之东壁。壁上旧尝为农家垦植，砌石作坝，层层作小梯田。年久不植，地废，而坝基残存。以是树木稀少，丰草遍山。其上为梯田所不及者，有小柏二三百株，散落峰上。枝为山家所披伐，树仅有丈许干身，略带薄叶，绝似山水画家之所谓“泥里拔钉”。此壁距窗不过十丈，故建文峰近在咫尺，乃为壁藏而不得见，所见者，此泥里拔钉而已。

吾居此深谷中，窗则东向。朝日迟临，初无所感。唯三五之夕，月出如金盆，由峰头泥里拔钉后，缓缓移出，厥状至美。月未来时，银光满空，小柏苍翠，为光映作黑色，暮景苍茫，笼罩小树若无数古装美人，亭亭玉立。及月既来，上层树若投影画，嵌此灿烂之银碟。惜其时甚暂，不及两分钟耳。然而“泥里拔钉”亦自有其可取者在也。

笔者按：此文作后两三月，钉悉为强有力者所伐。伐后，且按市上木柴价，强货于村人，予家亦曾购之。盖不购惧得罪也。树在吾门，吾不伐，客来伐之，且以易吾钱，是喜剧，亦是小悲剧。吾不禁为建文峰风景哀矣。

野花插瓶

予羁居燕京，卖书所入，除以供家人浇裹外，余赀作三分用：一以购收木板书，二以养花，三以听戏，非充作雅人深致，盖因其有伸缩余地，非若他种嗜好，可成为日常负担也。听戏所耗甚微，购书则时兴时辍。惟栽花，则为之十余年未断，愈久则阶前檐隙亦愈多，深红浅紫，春秋映带窗几间，颇足助人文思。自倭寇见逼，狼狈南下，将十年不复有此乐矣。

性之所好，不易尽除，往年来往京沪，易植花为玩瓶供。二三元之值，亦足点缀书斋卧室一周之所需。当初入渝时，花值贱而品繁，犹饶此趣。寓楼三间，有花瓶七八具，亦足婆娑其间，藉遣客愁。及不能与鸡鹜争食，退居山谷，附近乡人植黍种菜为业，无莳花者，牡丹芍药固不可得，即巴蜀多梅，而此处亦无。茅檐泥壁，老案旧庋，亦何必反由城中购花入乡以配之，此嗜亦渐淘汰将至于无。然家中尚有供花旧具一二，久置未用，令人惭对。以是春秋佳日，常呼随行入蜀较长之一儿，负筐携剪相随，漫行山野间，随采野花入家供之。大抵春日可得山桃野杏，夏初可得杜鹃石榴，秋后则惟有金钱菊，可支持三月。盛夏瓶花易萎，不能供。冬则须行十里外，始可向人家私园乞梅一枝，不能堪也。顾野花剪裁得宜，亦足资玩赏。尝于春尽，采胭脂色豌豆花一束，尽除肥叶，配以紫花萝蔔十余茎，再加以野石榴二三朵，合供一瓶。适城中人来，见案头花作三种红，大加赞赏，且问胭脂而蝴蝶状者何花？及予指窗外豆圃视之，客乃大笑。

珊瑚子

国人冬日供腊梅，向配以天竹，竹叶淡绿，生子如珊瑚珠，红黄参杂绿叶间，饶有画意。顾天竹非年老不生子，且子亦不甚繁。苏人以此物供不应求，则以盆景养刺叶树以代之。此树学名不详，不落叶灌木，高七八尺，叶长圆，连柄作六角形，每角生长刺，飞鸟不能入其丛，皖人名之曰老鼠刺，以之作篱，藉拦野兽，物品至贱。然秋日结实，其大如蚕豆，红若丹珠，亦颇可爱。苏人易其名曰“鸟不宿”，以盆植之，删其繁枝，独留老干，黄花开时，子肥大而红艳胜天竹。每届菊花会，可随处见此物，与人工培植畸形南瓜相间，至有清趣。

予生平爱盆景，究以此物叶刺可厌，未尝置之阶前。及居此山谷，于深秋之际，发见草庐前后，多红色小丛灌木，簇拥顽石蔓草中，颇以为奇。近视之，枝上结天竹子，累累然如堆红豆，深者丹，浅者胭脂，娇艳欲滴，尚有些微小叶，作苍绿色，亦极配合得宜。枝上有刺，攀折不易。然以剪除此，与白菊同供一瓶，极得颜色上调和，天竹及鸟不宿皆不足道矣。入冬，霜露微降，枝子愈红，亦愈肥，复可与腊梅水仙素梅相配，予尤爱之。以问巴人，不能举其名，但曰红子子而已。经春，红子渐落，农历二三月间，子未落尽，而花又作。远望之，花如白绣球，逼视则花作五瓣，丛生枝头，颇似珍珠梅，略有清香，实蔷薇科植物也。予因赐其名曰珊瑚子，每冬深必采备一包，藉待他日东下，传种江南，亦已习之三年矣。

断桥

茅檐下，跨涸溪而为桥，出入所必经，初不觉其危。城中客来，则常渡之而股栗，股栗言其情绪，亦状实也。桥下正为陡崖，深丈二三尺，且溪床为危石，坠则颅碎，初未知建屋主人，何以择桥址于此？溪宽约二丈许，中立乱石附水泥之圆墩，以四木东西接轨于墩上。轨早折其一，另以一木合之。削窄板长二尺许，间空隙约寸，横铺于轨上，是即为桥。无栏，亦无柱。二人同行其上，则震震然如旧日文人之摇曳构思。若山洪骤来，桥下怒水翻腾，声如奔雷，生客来，色沮辄不敢渡焉。然吾人终年居此，稚子坦然过之，亦安之若素。盖初架此桥时，不过数十金，今则非二千金不办。一二邻居，初欲易之坦地，偶俄延，力遂不能为。妇孺习惯，亦忘其危而不思迁易矣。

桥如此，无足称者。然盛暑之夜，闷不可耐。至桥上，则溪自南向北，奔出谷口，空气受山夹峙，而顺溪流荡，其间乃常有徐来之物。每仰视繁星在天，满谷幽暗，与同屋二三穷措大，携竹椅坐桥上，闲谈天下事。细至镇上一周无肉，大至墨索里尼下台，辄不觉夜之三更。有时残月如钩，高悬峰顶，夜气微凉，劳人尽睡。予怆怀身世，长夜不寐，则只身微步桥上。时清风拂衣，人影落涧，溪岸草中乱虫声，与竹丛瓜蔓上纺织娘，合奏夜阑之曲，虽侧身旷谷，无可语者，而于其中时得佳趣焉。

按：桥至去冬，腐朽愈甚，予力筹千金，北移丈许，直达竹丛，夏夜可展席卧其上矣。

雾之美

居重庆六年，饱尝雾之气氛，雾可厌，亦可喜，雾不美，亦极美，盖视季节环境而异其趣也。大抵雾季将来与将去时，含水分极多，重而下沉，其色白。雾季正盛时，含水分少，轻而上浮，其色青。青雾终朝弥漫半空，不见天日，山川城郭，皆在愁惨景象中，似阴非阴，欲雨不雨，实至闷人。若为白雾，则如秋云，如烟雨，下笼大地，万象尽失。杜甫诗谓“春水船如天上坐”，若浓雾中，己身以外，皆为云气，则真天上居也。

白雾之来也以晨，披衣启户，门前之青山忽失。十步之外，丛林小树，于薄雾中微露其梢。恍兮惚兮，得疏影横斜之致。更远则山家草屋，隐约露其一角。平时，此家养猪坑粪，污秽不堪，而破壁颓篱，亦至难寓目。此时一齐为雾所饰，惟模糊茅顶，有如投影画。屋后为人行路，遥闻赶早市人语声，在白云深处，直至溪岸前坡，始见三五人影，摇摇烟气中来，旋又入烟气中而消失，微闻村犬汪汪然，在下风吠客，亦不辨其出自何家也。

一二时后，雾渐薄，谷中树木人家，由近而远，次第呈露。仰视山日隔雾层而发光，团团如鸡子黄，亦至有趣。又数十分钟，远山显出，则天色更觉蔚蓝，日光更觉清朗，黄叶山村，倍有情致矣。

虫声

谷中多草，本聚虫声。而邻家种瓜播豆，菜畦相望，虫逐菜花而来，为数愈伙。每当星月皎洁，风露微零，则绕屋四周，如山雨骤至，如群机逐纺，如列轴远征，彼起此落，嘈杂终宵，加以树叶萧萧，草梢瑟瑟，其声固有如欧阳修所赋者。然习闻既惯，颇亦无动于衷。惟秋雨之后，茅檐犹有点滴声。燃菜油灯作豆大光，于案上读断简残篇，以招睡神。时或窗外风吹竹动，蟋蟀一二头，唧唧然，铃铃然，在阶下石隙中偶弹其翅，若琵琶短弦，洞箫不调，倍觉增人愁思。予卖文佣书，久废吟咏，尝于其间，灵感忽来，可得小令绝句，自诵一过，每觉凄然。顾年来忌作呻吟语，随成随弃之，亦不以示人也。

听虫宜以夜，宜以月，尽人而知矣。然清明之夜，黎明早起，时则残月如钩，斜挂山角，朝日未出，宿露满枝，披衣过桥，小步竹外，深草之中，微虫独唱，其声丁丁，一二分钟一阕，绝似小叩金铃，闲敲石磬。妙在小，又妙在能间断也。此非城市人所能知，亦莫能得此境遇，盖造物以予草茅之士者耳。

秋萤

江南之萤始于夏，而初秋犹盛，故诗人有“轻罗小扇扑流萤”之称。川东则否，始于暮春，盛于仲夏，稻花开时，黑夜即不复有流火群飞矣。然亦非尽绝迹，时或遗一二老虫在。盖川东夏季长，山谷中丰草塞途，野花不断，萤乃因此而延其寿命。每当阴雨之夕，谷黯如漆，启户视之，荒山巨影，巍巍当前，厌吾居如入深渊。西风徐来，摇撼涧岸丛竹小树于黑魆魆中，其影仿佛能见，若巨魔作攫人状。时此一二老虫，于草间突起，发其淡绿之光如豆火，低飞五六尺，闪烁数下，忽然不见，倍增鬼趣。间或村犬遥遥二三吠，其声凄惨沉闷，似若有所惊。独立涸涧断桥上，俯首徐思，觉吾尚在人境中乎？

萤亦有翅落不飞，蛰伏石隙者。其所挟之光极微，色亦不甚绿，既不闪烁，亦不移动，初来此间见之，颇疑人遗火星于地，取而视之，僵硬如蛹，殊非江南人所素知。

夜立暗空下，乃思此萤，何类当今文人。虽遗弃草根将死，而犹能于黑暗中发其点滴之光。虽然，萤以其光传授子孙，明夏仍可与星月争片刻之光，文人顾何如乎？

晚晴

一雨之后，凉气习习随谷风来，秋意盎然。亭午云霁日出，宇宙倍感皎洁。两三小时后，对涧菜圃葵花数十株，如碧竿悬球，金灯列仗，饶有生趣。扁豆藤杂牵牛花蔓，簇拥人家竹篱上，亦油油然如青帷翠幛。昂首外视，游兴勃然。则掷笔出户，策仗闲行。入蜀后，行恒以杖，初不以齿计也。

谷中早阴，西风瑟瑟吹人衣发，暑气全消。仰望山峰，一角为斜阳所射，深草疏林，若镀黄金，有樵人刈草其间，亦随山羊两头，同入此黄金世界。而俯视全谷，幽暗转甚，炊烟二三缕，出入此上明下暗之空谷中，其意境殊非俗手西洋画家所能写。于其间少得佳趣，随脚下石板小径，彳亍前行，数十步外，路旁乱草如长发纷披，半掩崖石，时有紫色野菊数朵，于其间嫣然向人，小而绝媚。而老艾拥出草丛，散其清芬，皆所以映晚晴者。谷下涸溪，有小潭，得积水尺许，倒映天上红霞有光。三五小蛙，阁阁于其中作得意鸣。驻脚暇观，颇发幽思。时有山中老僧携灯笼挟破衲来，侧身而过，似预备夜归，回视竹外茅屋，有灯光一点，遥闻群雏呼归饭声矣。游不必多，亦不必远，即此晚晴小步，亦有足低徊者。

蒲草

国人治盆景为乐者，常专一种，如梅菊杜鹃山茶均是。燕市昔有以小盆种莲子开花者，得变形十余品，已觉其奇。闻之鲁人，前十岁，济南有方士，专蓄蒲草盆景，共得三四十种，则又生面别开矣。

薄草之类本多，仅就本草所言，有水蒲、白菖蒲、石菖蒲之别。平常玩盆景者，其形如韭而细，长三四寸至七八寸不等，盖石菖蒲之一种。蓄法，以白瓷小盆盛沙植之，逐日浇以清水，而不施肥，欲其瘦也。每至春季，则齐剪之。叶愈剪而愈细，色愈细而愈碧。其长可二三寸，土盆中圆转齐匀而无偏缺者，是为上选。战前下江大都市中，上等石菖蒲一盆（盆值不计），能售硬币一二元，即阴丹五尺至一丈，合以今日市价，令人舌矫不下也。

茅居附近，颇多此物，悬岩石隙中，或小径坡缝内，常有剑叶茸茸，簇拥而出，久雨之后，石根泥沙，为水所冲刷，草根外露，合于盆景家所谓透爪态，尤有趣味。若遍寻谷中，可得数百丛，设化此地为上海或北平，又倒缩时间七年，则张先生富矣。

在山麓人行道边，有草一丛，长四五寸，叶叶外向，周环如翠羽小团扇。根若竹鞭，有婴儿指大，怒伸四五节于土外，赏鉴久之，惊为奇品，颇欲掘归养之，列于案头。因无工具，未能如愿。又迟一二日往探，则马矢拥之，群绳纷集，不能伫观。嗟夫！此岂仅为草莱之士所悲也哉？

鸡鸣声中

山村夜如死谷，风雨之夕，尤沉寂不类人境。然将明未明，生气滋生，有足寻味者。

尝夜半不寐，倚枕小思。案上菜油灯芯，烧作红豆状，其光在有无之间时。有声息息然，自窗外来，遽然心动。视之，有瘦鼠一头，摸索沿桌缘行，目灼灼然，窥床上人。床上辗转有声，鼠乃曳尾而遁，而息息之声如故，再视之，非鼠行有声，夜半风吹破窗纸奏雅乐也。然因此风，乃遥遥闻豚声嗷然鸣，长且惨，似镇上屠户已起宰豚，将以应早市矣。少顷，屋外人行路上，有步履窣窣之声，有箩担绳索摇曳吱吱声，盖路通水陆乡场，乡人经此赶场者。邻犬惊而起，辄隔涧溪而吠。然亦若知此为等闲事，二三吠又即止。吠止矣，邻鸡喔喔然，逐声推近，余鸡埘中雄者，遽引吭高歌，声震泥壁。村鸡应之，而余鸡又再鸣。循环凡十余分钟，余不复能寐。则披衣而起，开窗以纳朝气。遥见山头黄月半轮，带巨星两三点，沉沉欲坠。对宇邻人母子业小贩，方絮絮话家常，同治早餐。灶火熊熊，隔溪可见。“夜阑闻远语，月落如金盆”，不足尽此情调也。

待漏斋

古之君臣，天明而晤于朝。于其未朝也，群臣先期而至宫外，待铜壶滴漏所报之时届，以入宫门，是曰待漏。而吾之所谓漏，则无此雍容华贵之象，盖屋漏也。屋漏何以亦曰待？是则可得而言之：

所居草屋，入夏为暴风雨所侵，必漏。呼匠人补之，辄辞以无草。盖乡间麦秆，既已售尽，而新谷初登，又未至出售之时，其价亦奇昂，非穷措大所能胜任。欲弥补屋漏，乃必求之遍山深长之野草。而野草未入深秋，又嫩且短，不堪选用。故屋漏已半载，而犹待野草之长以为补。此非抗战山居，实未能习此一页经济学也。

屋漏正如人之疮疖溃疡，愈听之而漏愈大。今岁之春，不过数滴，无大风雨，或竟不滴。及暮春，渐变成十余滴。其间有一二巨溜，落地如豆大，丁然有声。数滴更注吾床，每阴雨，被褥辄沾湿不能卧。吾为一劳永逸计，则移床就屋之另一角，意苟安矣。入夏，暴风雨数数突然来，漏增且大，其下如注，于是屋角，案头，床前，无处不漏，亦无处不注。妇孺争以瓦器瓷盆接漏，则淙淙铮铮，一室之中，雅乐齐鸣。吾有草屋三椽，以二居家人，以一为吾佣书之所，天若有眼，佣书之室独不漏，故搁笔小歇，听此雅奏而哑然。山窗小品，即多以此乐助兴而成也。

习之久，每谷风卷起，油然作云，则太太取盆，公子索瓮，各觅旧漏处以置之，作未雨之绸缪。予亦觅数尺之油布，预以蔽吾书笥。然后群居安全之地，拭目以待漏下。吾于此顷刻凝思中，忽得奇想，即裁尺纸，书待漏斋三字以榜吾门。太太粗解文义，则亦为之粲然。蓉人故以匾额市招竞奇，以此文示之，宁能谓吾斋名非上选乎。

天河影下

银汉双星，为吾国民间最有趣之神话。科学昌明之后，凡女子有穿针乞巧者，辄被嗤为愚妄。而好事文人，亦复鲜所吟咏。其实神话为姑妄言之之事，调剂人生紧张情绪，亦不必绝无。如牛郎织女情史，即令家弦户诵，初无害于天文学之发展，听之可也。希腊神话，其荒诞悖伦（子杀其父而登天位），甚于我国《封神榜》，欧洲人津津乐道，时引证于正经文字，人但觉其有趣，未尝责以迷信，而远东运动会，且曾名之为Far Eastern Olympic Games，亦无一人以其纪念奥林匹斯（希腊神话玉皇大帝所居之山）为不经者，则何独禁于本店自造之神话乎？

夜阑人静，徘徊断桥，但见银河耿耿，横界天半，天孙河鼓，闪烁作光，隔岸相对。于是，脑中构一幻象，则一云裳倩影，绰约矶头，一孤独少年，依依柳下，而江心月白，风露寒衣，两地相思，都在天末。乃觉吾国人所构神话，其诗情画意，远胜希腊神话杀声满纸多矣。于是辄忆舒铁云“博望访星”科白云：“一水迢迢，别来无恙”，“三秋渺渺，未免有情”，集句自然，传神阿堵。而中国文艺，固非西洋人所易领略也。

劣琴

予生平有三事不能，一饮酒，二博弈，三猜谜。亦有三事，习之愈久而愈不称意，一书法，二英文，三胡琴。然自幼酷嗜皮簧，几至入迷，及取吾妇，妇亦嗜此，既得同调为终身伴侣，嗜尤深。然自入蜀后，有沧海曾经之感，终年不复一入剧场。戏瘾偶来，则强细君低声歌之，吾口奏琴手拍板以合音节。妇曰："是甚乏味。"言讫即辍唱。无已，吾乃自唱而自解，每当风静夜阑，月明如昼，乃移一竹椅于断板桥头，抬头望月，高歌《坐宫》想老娘想得我肝肠痛断一段。唱自不佳，然离思如剥茧抽丝，吾与杨四郎化而为一矣。

近友赠一胡琴，筒虽细而弓巨，操之殊顺手，适渝市叠出皮簧琴谱，均属青衣者。予乃尽购而藏之，在黄米饭饱后，山窗日午，空谷人稀，乃掷笔取琴，依谱奏之。习之既频，《梅龙镇》，《骂殿》，《六月雪》，《女起解》，各能一二段。每当弦索紧张，细君隔室停针，辄应声而唱。吾固未请之，更未尝强之也。予大笑，以示吹箫引凤之胜。妇出曰："君毋然，君技仍劣，若取切喻，绝似伶人之左嗓。""然则卿曷为应声而歌？""苦闷无聊，女子独不思有所消遣耶？君技虽劣，终胜无琴。适触我技痒，焉得不唱？"余笑颔而怆然有感。彼一唱众和，指挥若定者，非个个有超人之技，特亦聊胜于无之列耳。

蕻菜花

蕻菜，旋花科植物，川人名藤菜，下江呼空心菜或蕻菜，华北无，北人不识蕻字，盖菜蔬中之贱品，朱门所不屑食之物也。此物生殖性强，夏初，农家播籽于地，不事培壅，听其自生。彼且不怯涝旱，在阴雨水田中，绿叶油油然，在烈日赤地中，亦绿叶油油然焉。居下江时，曾于乡间见蕻丛生菜畦，高不盈尺，密叶盖地无片隙。了不足观，予常食之而乏味，遂不复注意其状态矣。

村中人家，辟山坡而筑宅，得半弓坦地，各以植花草。秋来矣，西风白日下，见有草本花覆地滋蔓，圆朵密缀绿叶间。花作合瓣喇叭形，有白者，有浅紫者，有白缘而红心者，状似牵牛而小。夫牵牛朝开，片刻即合，为晏起人所不及见，亭午哪得有此？予奇而察之。视其叶，作心脏形，视其茎，圆而中空，间有节，则蕻也。蕻有此美花，殊未及料。因思施以人工为盆景，不惟使茎短而花密，置之雕栏曲槛下，将使见者诧为奇卉，谁复能知其为贱蔬乎？他日东归，予当携此蜀种而去，以试城市人之眼力。意既定，归而语诸妇。妇笑曰：“子毋然。使子播蕻籽于竹篱茅舍间，纵以人工善治之，人虽不识为蕻，其视作贱卉等耳。若玉盆檀架，供之画堂，子即明志之曰蕻，谁肯信乎？”予曰：“诺，予将弃吾布袍而西装革履矣。”

小紫菊

山野间有小花，紫瓣黄蕊，似金钱菊而微小。叶长圆，大者有齿类菊，小者无齿类枸杞，互生茎上，其面积与花相称，娇细可爱。一雨之后，花怒放，乱草丛中，花穿蓬蓬杂叶而出，带水珠以静植，幽丽绝伦。且花不分季候，非严冬不萎。“鞠有黄华”之会，此花开尤盛，竹下溪边，得此花三五丛，辄多诗意。盖其趣有娇小，在素静，所谓以少许胜多许也。

去年仲秋，友人赠佳菊二盆，一丹而一白，肥硕如芙蓉，西风白日中，置阶下片时，凤蝶一双，突来相就，顾未一瞬，蝶又翩然去，且不复至。友笑曰：“能有诗乎？”予乃作短句曰：“怪底蝶来容易去，嫌他赤白太分明。”友默然，继而笑曰：“穷多年矣，君个性犹是也。”予亦颔之，微笑而已。今年友迁居去，无赠菊者。窗前秋意盎然，又不可无菊，乃于溪畔屋角，搜罗紫花一束，作为瓶供。细君嫌其单调，采黄色美人蕉二朵配衬之。予因填浣溪纱一阕曰：“添得茅斋一味凉，瓶花带露供

（叶仄）书窗，翻书摇落满瓶香。飘逸尚留高士态，幽娴不作媚人装，黄华同类那寻常？”吟哦数次，细君闻而告之曰：“去年吟菊，为友所哂，而仍狂奴故态耶？”予大笑。复口吟曰：“嫩紫娇黄媚绝伦，一生山野不知名……”细君笑曰：“今日固是重阳，不应断君诗兴，然既曰不作媚人装矣，又奚云媚绝伦乎？”予起视日历，果重阳也。因曰：“媚字不妨改，既是重阳，令人忆潘大临事，予与此君同病，兴尽矣。”遂掷笔而起。

手杖

手杖为时代之装饰品，非吾国固有老人所扶之杖。然入蜀而后知杖之妙。年来腰足渐弱，而又知杖之不可无。其一，出门即须登坡，携杖乃若有活栏相随。其二，蜀地泥滑特甚，霜露之余，土地膏润如溜，杖则多一足以支体重。其三，乡间时有犬患疯病者，于是见垂尾獠牙之野犬，渐有戒心，有杖在握，若武装护航，可坦然缓步。其四，谷中富草藏蛇，虽不闻噬人，见之可怖。偶行小径，有杖则拨草而行，使蛇遥遁。其五，间不免夜出，或无星月，杖可代灯火也。为此五因，出必以杖，偶或忘之，则忽忽若有所失。故常出门数十步，又匆匆奔回。家人知其故，于茅庐中捧杖迎而送之，于此待境况，辄不免相向作会心之微笑也。

旧有一杖，为闲敲叠石而折。友人远自恩施赠一杖，粗如婴儿臂，漆作乌色，上以墨绿镌授受者之姓字。余携之三年矣，漆剥落过半，名字都非，而其为用则如故。友人窥其敝，尝劝易一新者。予亦尝诺之，将物色新材。顾入城不携杖，必有他物待携归，不容添杖。苟携杖入城，有故剑在手又不忍弃之。故此杖绝如曹孟德之鸡肋，屡欲易新杖而彼买未一日离也，尝与友人行花溪小径，以此语之。适有坐专用滑竿者过，闻之而频点其首，有微叹声。余笑语友人曰："此必用人而有难言之隐者。"友亦笑而点其首。

养鸡

年来公教人员乡居者，其眷属多种菜养畜，从事生产。顾非素习，辄见偾事。对邻有养鸡者，谋鸡种，立竹栅，购糠秕，图大举，因掷资千余金焉。春间六七雌，各孵雏一群，山坡浅草间，吱吱乱啼，羽光浮动，有雏一百三十馀头。家人顾而乐之。则相率计其市价曰："至隆冬之季，雏各成禽，当有二三斤，是万元之产也。"无何，雏略有死亡，日损一二头。主人初不介意，以为偶有其事也。约一周，而雏之夭折仍勿止。主人恐，即一面隔离，一面灌药汁。然防之虽勤，而雏之日渐凋零也如故，凡一月，雏乃去其五分之二。主人焦头烂额之余，每向邻人摇首曰："于是知生产之不易也。"又二月，入盛夏，予尝过养鸡之家，则老禽幼禽，群栖竹篱草荫下，已不过三十头。询其主人，主人曰："此乡有鸡疫，非注针不能治，而一针之价，十鸡不能抵也。人有因药贵而勿治以死者，况鸡乎？"于是大笑。然笑时，颇带苦容，非真笑也，笑而自解耳。前三日，吾又于天际微霁，访其鸡栅以求谈助。主人已不复视其鸡，鸡大小约七八只，相偎篱下自啄秋草之实。主妇出，似知吾意，则相顾而笑曰："惨败惨败！"予亦无以慰之也。

昨见邻儿以书之散页叠玩具，虽有字，质则白报纸也。惊而取视之，页旁有文，赫然养鸡学三字。问所自来，答曰："对邻字纸篓中物也。"张先生怃然曰："书虽科学，不切实用，不合环境，则此等养鸡学耳。"

种菜

同屋右邻某先生，吃粉笔人也。无所趋，亦无所好，教书归来，则与余立廊下闲谈为乐。顾助谈无酒，已减清趣。余虽有茶叶，开水不常得，亦不克凑趣。各有烟，而余纸烟屡断粮。某先生吸水烟，而烟袋须亲身洗涤，偶或忘之，乃不能常捧以佐谈锋。其更大煞风景者，两家均乏舒适可支足而谈之软椅。于是谈锋甚健之余，必有其一感腿酸而入室，人生快谈若为易事，然亦非真易事也。

某先生忽有所悟，乃购锄一，向校园乞菜籽若干，就屋旁山石中隙地，辟畦而种菜。归后，不复立廊下俟余谈，亟取其锄，脱帽挽袖，立趋石隙中，奋臂而扬之。予走视之，锄入土粥粥有声，某先生面红耳赤，汗涔涔下。夕阳西下，先生归而洗手进其平价米之饭，乃增一器。餐后就寝，鼾声作焉，隔室可闻也。自是以往，邻先生“园日涉以成趣”，有若陶靖节。一雨之后，畦中绿秧油然蓬生，乃奔相告曰：“予之萝卜出矣。”言讫，嘻嘻而笑。明日，逢于廊，先生抚掌曰："予之菠菜亦出矣。"更明日，遥见其立山麓而招手曰："曷来观，予之白菜秧，挺然直立，茂盛尤可操券也。"余笑而贺之。其夫人微哂曰："早起，面垢而忘洗，晚归，衣重而忘卸，呼与语，人不在室，视之，奔菜畦中矣。尽所有之菜而收获之，将不克佐三日膳，顾如是勤且劳耶？"予为之答曰："不然，主人之意，在种不在获。譬如钓鱼，终日把竿，或不获一尾，此岂可以劳力计？乐在钓，不在鱼也。"余又回顾主人曰："昔威廉二世兵败被废，在荷兰隐居，日锯木一小时，彼岂欲为大匠乎！"邻先生笑曰："君不善颂，不以我为姜尚、为刘备，而乃以况威廉。"虽然，子喻则确也。录之，以告邻翁同好。

鬼扯

邻家佣工某甲，炊饭于其厨。村中佣妇三四人，冒雨来与共话。甲先谈其祖父为绅粮，继谈发国难财者，终则谈鬼。其言曰："某翁笼烛夜行，穿山路归。烛忽暗如豆，耳边冷风瑟瑟然，知有异，则故作咳嗽以壮其胆。忽闻深草中窸窣有声，似有人细语曰：'勿惧，我王三，老友也。天寒无衣，乞济我。'翁毛骨悚然，疾驰而归。明日剪纸衣焚于王三之墓，归途拾得法币五十元，王三之报也。"众哄然曰："此鬼佳。"甲曰："鬼亦有不识交谊者。李屠户夜半起宰猪，遇艳妇于途，月下识之，已死之邻妇也，以难产死。屠有刃在手，殊不惧，喝曰：'阻我何为？尔死，吾贷汝夫百金，今尚未还也。'鬼忽散其发，血流满面，吐舌长尺许。屠惊倒于路……"众妇面面相觑，作青白色。甲又曰："产妇鬼最凶恶，周身是血，行处有腥风。疫神次之，周身着麻衣，手如鹰爪，见人则攫。"言时，自灶口起身，伸其五指如五曲钩，临空作抓人状。一佣妇失声而呼，遽藏其身于同座者后。甲勿之理，继续而言曰："此厨门外，即有鬼。前数夕，有一团黑影，在山坡上蠕蠕而动，其后立一物高丈许。如白幡摇动，盖无常鬼与大头鬼也。无常七孔流血，见人吐舌如犬喘。大头鬼矮仅二尺，头大如斗，眼发绿光，行处以血喷人。"甲且言且蹲其两足作态，口含米汁，向空中喷之。群佣大啼，惊而走，作鸟兽散。张先生于旁见之，笑曰："汝辈自取之耳。"使勿听其鬼扯，某甲将自吓乎？

昼晦

雾季长雨，昼昏如夜，此在江南，为仅见之事，号曰昼晦。犹忆二十四年居上海时，曾得此一日。午饭既毕，乘车赴报社，则满街灯火齐明，霓虹市招，灿然列长空，宛然日之夕矣，诧为奇观。事后回忆，每感余趣，辄欲把笔以记之。及入蜀，居渝市一年，秋冬两季，月可遇此者恒十余回，乃深笑往日之寡见，是疑骆驼为马肿背也。

匝月以来，雾雨连绵，每日昼晦。斋窗在廊内，而又面山如屏，受光有限，读书阅报，直如雾中看花。欲燃灯烛，则长日消耗，所费不赀。故非极无聊赖不展书报，展之，即鹄立廊下，乃若行路人接传单读也者。且细雨如烟，谷风卷之作水浪，直扑入茅檐下，嫩凉侵人衣鬓。山居既无可语者，又不能长斟自遣，而泥泞路滑，更寸步行不得。终日斗室徘徊，焦躁欲死。偶窥窗外，唯见烟雾迷离，不识天日所在。虽窗外山近在咫尺，亦轮廓模糊，沉沉欲坠。而檐溜滴笃不断，声声滴美人蕉叶上，尤乱人意。此非入定老僧，无声色臭味触法，谁复能耐哉？四时以后，真个黑寂入夜，即以灯草四五茎，满注菜油于瓦灯而燃之，乃觉心地开朗，又入一世界。就案展龙门文游侠列传一篇而读之，颇可聊解终日之苦闷。余于是知风雨如晦，转不如沉沉长夜犹可借灯烛之光也。

冬晴

宿雾渐收，朝暾初出，对山白云暖暖，杂鸡子黄色。渡涸溪回顾吾庐，屋草重湿如洗，檐头白粉数片，似镌银花缀之，知昨夜霜矣。凝神小立，呼吸平和，则有热气二股，徐徐自鼻孔出。虽拂面微风，深带冷意，而环顾群山作黄赭色，罩以淡烟，小柏孤松，青影团团。面前瘦竹一丛，枝叶纷披，独作浓翠。景色冲澹，冬意毕现。在川东甚鲜冬味，浓雾终日，冬晴尤不易得。以此等情调言之，绝似江南小阳春十月，久别故乡，俯首微思，令人恨不胁生两翼矣。

无何，日上山头，檐下金黄朗澈，邻人争率儿童，移椅坐日光下曝背。有手捧碗箸，坐而红苕饭者，热气腾腾，自碗中上达空际，人在下风，若嗅微芳。而窃窥碗上堆苕，珊瑚之皮，中裹黄玉，亦甚可爱。食者为西邻之贫媪，着破袄，举蜡皮枯手，以箸夹苕大嚼，又似其味不恶。老饕之嗜，以色香味称，此岂不足称乎？而环境之配合，更有画意也。

“隔篱黄犬吠生客，曝背老人弄幼孙。”虽对偶颇觉不伦，情境实亦逼真。当山村静寂，阳光和暖，破竹篱前，苍髯叟拥败絮坐枯草堆上，二三小儿，环绕膝前，小犬蜷卧地下，时摇其尾，则宛然上诗之意境矣。久不得光明，一旦有之，犬且求温暖其中，而况人乎？冬日真可爱也。

跳棋

吾于博弈竞赛事，悉病未能，偶或强之，辄不终局。唯舶来品跳棋，间可作两三盘。十余年前，内子归我，如小乔之初嫁，所谓其乐甚于画眉者，闺中亦不能平靖无事，因之予乃劝之读唐诗，作花卉写意，并习赵柳楷字。初一二课或亦感生兴趣，三日以上，即百呼不理矣。及予示之跳棋，则甚喜。北平冬夜，室外朔风虎吼，雪花如掌。而室中则电炬通明，炉火生春，垂帘对坐，盆梅吐艳。围炉小坐，剖柑闲谈，遂亦不思他乐。坐久人倦，乃对案下跳棋。相约予负则明日为东道，陪之观剧。胜则彼亲自下厨调鲜同膳，而十局之战，予必负七八，故彼极乐为此。棋本由予授之，未解彼何以胜我？吾侪患难相共已半生，犹引为笑谈也。

近渝市美术社，忽有跳棋出售。盘既易板为纸，棋亦具体而微。顾既觏之，十五年旧事，兜上心来，遂购归示内子曰犹："忆当年玩此物乎？"彼微叹曰："璧犹是也，马齿加长矣。"

予闻之而兴沮，嗒然无语。是夜，山中微雨，寒风绕室。壶中茗冷，案上灯青。予架镜于鼻，就昏黄光影，疾书小说稿，笔在纸上如春蚕食叶。内子在旁，共灯为小儿补结旧绳衣，各各默然。窗外万籁无声，洞黑如漆，风吹竹动，遥闻犬吠。予停笔昂首，乃作长喟。彼即起夺予纸笔曰："尚不思睡，曷温跳棋乎？"予笑曰："余子何堪共话，只君方是解人。"乃即移灯布棋，共下三局，而时转势移，三局皆予胜而彼负。予笑曰："果予术有进步乎？抑君之心未在是也？"余遽起挑灯曰："日间忘购茶油，恐不足长继。熄灯睡休，留馀油半夜燃之，为小儿把溺也。"予偶触其手，凉透如冰。因叹曰："树犹如此，人何以堪？"是夜，予梦北平，且三醒而三梦之。

建文峰

窗外为建文峰之外峦，名胜本若羹墙之对。顾所居长谷过深，外景尽为此峦所掩，峰虽高，亦不能入吾窗也。欲与峰晤，必攀登屋后山麓三四丈，于对山一垭口朝见之。峰在排山上，兀然锥立，状似埃及金字塔。其北无峰，山迤逦下饮虎啸泉。其南数峰紧逐，若受此峰之领导，曳尾在白云深处。附近山多废于樵薪，童然相向，而此峰林木葱茏，饰其山如绿堆，乃愈觉可爱。天高日晶，峰独映蔚蓝之天幕，率群峦虎视高空。而阴雨之时，白云时锁峰腰，露其顶如浮岛，尤婉约绝伦也。

吾识峰久，颇欲登其巅而访之。然道险而乏游伴，五年仅两至而已。造外峦毕，有平谷一线，与主峰为界。于群松簇涌中，得一线坡道，俯身曲折而登山，坡以外，丰草没膝，渺无人影。时至暮春，杜鹃花如千百丛野火，盛开草丛与松林中。登其颠，有坦地方可六七丈，中央置石台一座，阶级宛然，即废庙遗址，相传明建文帝驻锡处也。峰巅以游者少至，苍苔遍地，旁有石井，泉亦为苔浸作绿色。而藤蔓环绕松枝上，且下垂如流苏，时拂人首。松虽非极古，高亦四五丈，参差而笼罩北颠。杜鹃花有高至丈许者，群红压枝，于松荫中临崖作半谢状，境至幽寂。然北望丘陵万叠，俯伏烟雾中，长江一线，隐约如匹练，令人有登泰山而小天下之感。时则长风忽起，拂松作海啸声。建文当年小住，恐亦难息其犹蓬之心也。

禾雀与草人

风檐读报，偶作长叹，邻人怪其苦闷，问有恶消息耶？笑曰：“否！读轴心巨憝演词不耐耳。”邻因与闲谈，各发慨叹。予乃举一小故事以解嘲。

鸟中有禾雀者，喜食方熟稻粒。当江南八月时，木叶微脱，新谷便黄，长穗垂垂，浆凝成粒矣。于是禾雀千百成群，翩然集于田中，且噪且食，陶陶然度其黄金时代。人来相逐，哄然飞去，人去，彼又如降落伞兵之骤至。田夫苦之，而无可如何。有黠者束草为人以惧之，草人戴草笠，覆短衣，手持长棍，宛然一农夫也。又以其不能人立，乃以钓鱼竿插田陌上，系草人于纶钩。草人之下，更坠以二石。禾雀见之，果以为人在，率不敢来。儿时初入农村，见之大笑，以为徒事皮毛之燕雀，终属易欺。但草人下坠以二石，则未解其意。时齿稚好弄，遂为代去二石。既而西风吹来，草人自动。衣翻草出，真相毕露。有禾雀过，遥集而睨之，良久，若觉草人之伪，则有一部分稍稍下田中。又少顷，来者料已无患，坦然就食。未来者亦遂纷集，而草人恐吓之作用，乃完全失效。至此，吾始知于草人下之坠以二石，盖不欲其飘动无据，以真相示人耳。自后，吾村之草人，遂不复可恃。有时禾雀集于草人之身，格磔争鸣，鸟矢纷下，若群相戏侮草人也者。

斑鸠之猎取

斑鸠，野鸽也。其羽灰色，为状不美。鸣作咕咕之音，亦无可听。然江南人士养之者，善自喂伺，恒及数年。此非爱好逾恒，盖以鸠能为主人引致同类，以资烹割也。大凡养鸠者，捕得一头，即以竹笼囚之。笼外覆绿叶，不令其稍见天日。但水谷之需，则如所好。鸠噤若寒蝉，倦伏而已。逾数月，鸠与人渐昵近，饮食如常，于是去笼上绿叶悬之树间，鸠目前忽然开朗，重睹宇宙自然之美，不禁引吭而鸣，主人闻而乐之，自祝所谋成功矣。此时不以旧笼居鸠，而更置于打笼中。打笼者，分一笼而为二重。其一，如常制，鸠居之；其一，则敞开，以铁圈卷网于其上，网下有一机关，稍触则网落，盖陷阱也。

春夏之交，绿云连野。主人携笼行郊外，侧耳而听。闻树林间有斑鸠相呼者，即以打笼遥遥另悬一树上，使驯鸠亦闻声而呼。鸠故好斗，树中之鸠闻笼中驯鸠之呼声，以为骂己也，则飞来扑之。渐呼渐近，卒飞至打笼外层，及蹈机关，而身遂入网罗矣。善引鸠者，一日之间，可引三四头。鸠肉肥美，驯鸠尽一日之力，定供其主人一饱之所需。虽曰同类相残，然驯鸠实无所知。此法，与印度人之以象猎象法，甚属相似。然驯象引野象来，野象来不至死。而驯鸠引野鸠，则朝诱之于林野之间，暮置之鼎镬之内矣。涪州友人，冬季享以野味，其间有腌鸠，食之，辄思此事。因念人类遂其嗜欲，何所不用其极。怨人，毋宁怨上帝予人以智慧。

耙草者

大暑前后，江南禾长一二尺矣。莠草丛生，因田水而滋蔓。农人恐其压稻禾之营养，则群起以耘草，最苦事也。

耘，吾乡谓之耙草。耙草有三次，则以耙第一届草，耙第二届草，耙第三届草分之。耙第二届草，时最热，太阳如狂火之巨炉，天地皆炽。耙草者，戴草帽，赤背。然背不能经烈日之针灸，则以蓝布披肩上，藉稍抗热。下着蓝布裤，卷之齐腿缝。与都市女郎露肉，其形式一，而苦乐殊焉。农人赤足立水中，泥浆可齐膝。然实不得谓之泥浆，经久晒，水如热汤，酿浊气扑人胸腹。水中有蚂蟥，随腿蠕蠕而上，吸人血暴流，更有巨蚊马蝇藏水草中，随时可袭击人肉体。耙草者一面耙草，一面须防敌人。身上不仅谓之出汗，直是巨瓮漏水，其披在身上之蓝布，不时可取下拧汗如注溜也。

耙草所用之刀，如月牙，分长短二种。长者柄四五尺，可立而耘之。短者柄仅六七寸，必弯腰蹲田中，伸臂入泥汤内，拨水潺潺作响。阳光曝人背，蹲久则周身酸痛并作。乡人不欲言其苦，掉以文曰：“下蒸上晒。”故耙草者，非一午休息四五次不可也。以是，江南米中，稗粒甚少。近来吃平价米，苦稗，每饭架老花镜挑剔，辄愤恨以著敲案，若古人之击唾壶。顾思及此，则爽然若失矣。

月下谈秋

一雨零秋，炎暑尽却。夜间云开，茅檐下复得月光如铺雪。文人二三，小立廊下，相谈秋来意，亦颇足一快。其言曰：

淡月西斜，凉风拂户，抛卷初兴，徘徊未寐，便觉四壁秋虫，别有意味。

一片秋芦，远临水岸。苍凉夕照中，杂疏柳两三株。温李至此，当不复能为艳句。

月华满天，清霜拂地，此时有一阵咿哑雁鸣之声，拂空而去，小阁孤灯，有为荡子妇者，泪下涔涔矣。

荒草连天，秋原马肥，大旗落日，笳鼓争鸣。时有班定远马援其人，登城远眺，有动于中否？

诵铁马西风大散关之句，于河梁酌酒，请健儿鞍上饮之，亦人生一大快意事。

天高气清，平原旷敞，向场圃开窗牖，忽见远山，能不有陶渊明悠明悠然之致耶？

凉秋八月，菱藕都肥，水边人家，每撑小艇，深入湖中采取之。夕阳西下，则鲜物满载，间杂鱼虾，想晚归茅芦，苟有解人，无不煮酒灯前也。

天高日晶，庭阴欲稀。明窗净几之间，时来西风几阵，微杂木稚香。不必再读道书，当呼“吾无隐乎尔”矣。

芦花浅水之滨，天高月小之夜，小舟一叶，轻蓑一袭，虽非天上，究异人间。

乱山秋草，高欲齐人。间辟小径，仿佛通幽，夕阳将下，秋树半红。孤影徘徊，极秋士生涯萧疏之致。

荒园人渺，木叶微脱，日落风来，寒蝉凄切，此处著一客中人不得。

浅水池塘，枯荷半黄。水草丛中，红蓼自开。间有红色蜻蜓一二，翩然来去，较寒塘渡鹤图如何？

残月如钩，银河倒泻，中庭无人，有徘徊凄凉露下者乎？

朝曦初上，其色浑黄，树露未干，清芬犹吐，俯首闲步，抵得春来惜花朝起也。

焚一炉香，煮一壶茗，横一张榻，陈一张琴，小院深闭，楼窗尽辟，我招明月，度此中秋。夜半凭阑，歌大苏水调歌头一曲，苍茫四顾，谁是解人？

一友忽笑曰：“愈言愈无火药味矣，今日宁可作此想？”又一友曰：“即作此想，是江南，不是西蜀也，实类于梦呓！”最后一友笑曰：“君不忆抬头见明月，低头思故乡之句乎？日惟贫病是谈，片时作一个清风明月梦也不得，何自苦乃尔？”于是相向大笑。

小月颂

中秋之夕，月由建文峰踱过，茅屋上如敷轻霜薄雪。邻人不招自集，相率立断桥两端，闲观四周山色。溪岸如洗，人影在地，兴感既生。各有所怀。于是苏邻谈此夕南京，鲁邻谈此夕济南，咕五女眷，则谈在北平逛果子市玩兔儿爷。另一人忽作警觉语：月色太好，恐有空中夜袭，群斥其败兴，予觉斥之诚是。不见欧洲战火弥漫时，各国自度其圣诞耶？扶竹枝摇影小立，颇发遐思。即归户伏案，草短文以颂月。

今夜月之华丽者，小红楼畔，箫鼓船边，金谷园中，紫绡帐外。

今夜月之幽渺者，杨柳梢头，芭蕉窗外，机杼声边，临风笛里。

今夜月之清幽者，梧桐院落，野藕池塘，荒寺疏钟，小山丛桂。

今夜月之浩荡者，洞庭水满，扬子江空，瀚海沙明，边关风静。

今夜月之凄凉者，浅水孤舟，鸡声茅店，残井颓垣，断桥流水。

今夜月之惨淡者，一片蒿菜，四围荒冢，秋萤乱飞，狐狸拜影。

今夜月之可惜者，五父衢头，三家村外，酒肉场中，烟火队里。

今夜月之无聊者，画堂筵散，曲槛沉香，诗客吟成，绿窗人悄。

贱邻

佣妇周嫂，巴县北郊人，初随其主人来南郊，继家于此。所谓家，实窠也。涸溪彼岸，为菜圃。圃之一角，苦邻自治其窠。窠除曲树数干。巨竹数枝外，建筑悉为草茎与叶。屋上蓬蓬然，纷披下垂如乱发者，为山上之班茅与长草。四壁茸茸然，颠倒如破衣者，为高粱之秫秸，窠无窗，拔灰壁秫秸宽其缝，长方四五寸，则为窗矣。窠无门，以两三竹片，两夹秫秸数十茎，侧挂之出入处，则为门矣。

鞠躬入其门，窠中高不及丈，长阔则倍之，视线黑黝黝中，见竹床二，倾斜两侧。其间则箩筐，锹锄破凳，裂缸，堆置无立足地。盖苦邻已不为人佣，自种菜，其子病而孱弱，则业小贩，此皆其谋生之具也。小床上堆败絮一卷，如腌猪油，盖妇自卧。另稍宽者，有蓝布旧被一，补绽如锦织布其上。则被亦舐犊情深，居其子也。窠中如此，其生活已可想，而蚊蚋乃独爱之，白昼且嗡嗡然纷飞上下。门角巨绳缚一豚，掘地为浅坑而侧卧之，矢溺淋漓，臭气触人，夜间主人入室，其情况又可想。且在窠北三四丈处，有一巨窖，为妇储粪培壅之需。西北风自上头来，使全窠内外之空气皆浊。吾真不解其母子何以能坦然于此也？回视吾庐，茅檐竹壁，椅案井然，吾不复能有所怨尤矣。

断桥残雪

断桥残雪，为西湖十景之一。民国四年春，赴杭，出涌金门，首遇此景。桥为石板堆叠，微拱。拱处直立一碑亭，若火柴盒，殊别致。时无雪，桥亦完好不断。址在苏堤之首，翠柳垂垂夹峙两端。瞰其下，水碧于油，远望则湖山环抱，渐入佳境。景至娇媚，毫无荒寒萧瑟之态。名固嫌不称矣。民十九年冬，与友郝耕仁、张盖游湖。郝老革命党，酒狂，亦诗雄也。举伞健步，沿湖滨行。环顾湖上溟濛烟水曰："愿得大雪，与子同过断桥。"予亦微笑。及至，桥改观矣。撤石板，易以水泥路面，无亭，敞然与马路一色。柳碍车马，亦多砍除。遥闻雷声隆隆，旗下至岳庙之公共汽车，蠕蠕而来。郝大怒，狂咒市政官为伧父。民二十四年冬，复偕内子游湖，彼固烂熟《白蛇传》者，亦亟欲至雷峰塔与断桥。乘车过苏堤矣，问断桥过乎？予遥指身后马路是，彼大失望。谓尝观画图，实不如是，画家欺人乎？予笑曰："予友先卿数年慨叹之矣。"因告其故。彼曰："富贵人执政，固不知萧疏中亦有美态也。”予是其言。

居寒谷，门外亦有断桥，予屡言之矣。前年，川东得雪，朝起启户，山断续罩白纱，涸溪岸上，菜圃悉为雪掩，竹枝堆白绣球花无数，曲躬向人。断桥铺白毡寸许，鸡犬过其上，一路印梅花竹叶。内子大喜，呼曰：“吾家有断桥残雪矣。”予应声出，见村中两三穷汉，穿破烂短衣，片片翻乱。两手环抱胸前，赤脚踏坡上石板路，周身抖颤如农人筛糠秕，鼻中出气如云，予叹曰：“此亦人子，宁知风景。”内子曰：“彼等惟计今日有红苕粥啜否耳，何暇赏鉴断桥残雪？”予笑曰：“尚忆过西湖断桥所言乎？是穷人亦不知箫瑟中有美态也。”彼爽然若失。

三十四年冬十二月十五日，谷中又飞雪花，浅淡真如柳絮，飞至面前即无。断桥卧寒风湿雾中，与一丛凋零老竹，两株小枯树相对照，满山冬草黄赭色，露柏秧如点墨，景极荒寒，遥见隔溪穷媪，正俯伏圃中撤青菜，吾人遂不复思断桥上有雪。

果盘

予性不嗜水果，而酷爱供之。花瓶金鱼缸畔，随供一盘，每觉颜色调和，映带生姿。其初，夏日供桃李，冬日供橘柚，各求一律。后观学生作西洋画，填鸭鳜鱼，萝卜白菜，无不可供写生，予乃习其章法而供之。尝以杏黄彩龙大瓷盘，置天津大萝卜，斜剖之，翠皮而红瓤，置外向。其后置三雪梨，留蒂，上堆东北苹果二，红翠白三色润泽如玉，大于酒碗，尖端斜披玫瑰紫葡萄一串。水果空隙处，用指大北平红皮小萝卜，洗净使无纤尘，随意砌之，鲜红如胭脂球，色调热闹之极。又尝以深翠盘一，供雪藕半截，红嘴桃三，翠甜瓜一，黄杏四五，亦极冲淡可爱。如香柑佛手，则宜以小盘独供，盖以香取，而非以色取。至木瓜，则已十年不供。因曩有爱女名康儿，玉雪可爱，方能步行，取盘中木瓜弄之，盘旋地板上，令予狂笑。不二月，与予九岁长女慰儿，同以猩红热死，予为之老却五年，至今见木瓜辄心痛焉。

居蜀，花且少插，遑论供果。偶以水果四五，置书架碟中，群儿目灼灼如桃下之东方朔。拒予之，良不忍。则另购数枚分之。或外出，果去其一二，碟中不成章法，乃亟补之。但一疏忽，又去其一二，随补随缺，供辄不能终日。予或脸带愠色，内子即在旁强笑。予深知果之所以缺，必严令群儿勿动，非难行，山居固少糕饵，置此以诱之，又不令亲近，是虐政也，于是摒水果不供。

杜鹃花

今冬瓶花奇昂，腊梅一枝达百元，往年由城回山，常携花一束，今不尔矣。乡场间亦有售花者，惟不常至。昨得腊梅六七枝，花苞达数百朵，仅费法币六十元，可称特贱。盖远乡老农携来，固不耗资本。且此间少富商巨宦，亦不得以重庆市价比耳。当暮春时，建文峰上，遍开红杜鹃，苟不患腿酸，百斤可担负归，乃不费一钱。使日能捆一束入城，当亦可供两餐薄粥。于是又令予忆一事，北方少杜鹃鸟，亦无杜鹃花。北平花儿匠谋得南种，以盆养之，夏初出售市上，一盆索银币五六元。若按今日物价千倍计，直是骇人听闻。尝于巨室，见雪窗下，供红白杜鹃各一盆。奇而问之，言系花儿匠暖房中烘出者。予恐露穷相，未询其价几何。素知苏扬人士，亦玩杜鹃盆景，尚白，红则视为凡品。于朔方严寒中，得杜鹃白者，宁非珍中之珍。富贵之家，何求不得？钱多，则以反常为乐，使其亦与予同住此寒谷中，谅必以玉盆供燕地黄芽白也。

墩儿饽饽，北平贱食品，面硬，微甜，食之硌齿。在平，家人无食者。近于渝市北方食馆，睹有此，购十枚归，家人见而狂喜，夺而食之，实有何好处，学富贵人反常耳。使杜鹃花冬日开于北地，何足入朱门？袁世凯欲称帝，必使西洋顾问，草国体意见书，其理将毋同？

山城回忆录

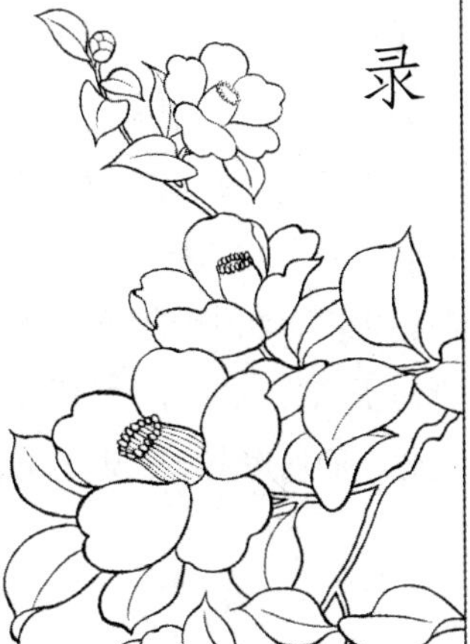

上下难分屋是楼

重庆以山为城，街道时高踞峰巅，亦复深陷崖下。人家因地势构屋，上楼阁，下地室，以求其平衡。设大门在崖下，则逐步登楼，其绝顶乃为后街之平屋。反之，大门在峰巅，望之，平房也。入其居，变为楼，逐次下梯，上愈有，可至六七层，行来，以为入地下矣，启扉视之，反而临平地，回视初入之平房，则为七八层高楼焉。是境至奇，非身莅者不能道。且其屋建筑不坚，上焉者以砖方砌为柱，以竹片夹壁上，糊泥灰，中空，宛然钢骨水泥墙也。下焉者以竹木支架，其中不用一钉专以竹经，谓之为捆绑房子，行一步而全楼震撼。南纪门江岸，如此建筑甚多。见者危之，而居民哭笑，生老于斯，晏如也。

出门无处不爬坡

幼读李白蜀道难诗，闭目沉思，深疑难险不可想象。实则其苦在难，而不在险。盖川中山地，取石至易，大道小径，均叠长石为坡，无险不可登，唯丘陵起伏，往往十里短途，上下石坡数千级，令人气喘耳。重庆半岛无半里见方之平原，出门即须升或降。下半城与上半城，一高踞而一俯伏。欲求安步，一望之距，须道数里。若抄捷径，则当效蜀人所谓“爬坡”。沿扬子江岸由望龙门上溯菜园坝，逐段有坡可爬。知十八梯，修奇门，神仙洞，均坡中之最陡者。由坡下而望坡上，行人车马，宛居天半。登则汗出气结，数十级即不可耐；降则脚跟顿动，全身震颤。渝谚固亦云：“上坡气喘喘，下坡打脚捍”也。若觅代步，有滑竿与小轿。轿竹制，窄长如篓，体重者，侧身入座，滑竿以竹兜运串之篾片，人可躬卧其上。向上则二足朝天，状至可晒；抬下人如半站，几可摔出与外。体健者，均觉缓步较坐轿为佳也。居渝八年，最苦为行路一事，此仅述其百之一二耳。

摇曳空箩下市人

在华北看小贩，无往非车；在四川看小贩，则无往非担，曰盖山崎岖，非担则不良于行。试一赶场（江南曰赶集，山东曰赶墟），但见万头攒动中，扁杖箩筐，横冲直撞，而不见一车一马，此殊非北方市集中所能有之现象也。此项负担小贩，常黎明入市。或食物，或手工艺品，堆叠挤塞箩筐中，高与扁杖齐。午后，尽空其所有，易去路而归，此时叠其两空箩，以扁杖串箩索，荷之于肩，后步行街，为状至适。空箩于背后摇曳生姿，亦随其步履而左右，且是两空箩中，亦不全空，或以布袋置米二三升，或置肥肉一刀，或置灯草火柴数事，甚至有酒一壶。盖略获盈余，携带作一夕之享受也。

予客渝，居乡日多，每于夕阳满山，徐步小径，辄见此等下市小贩，断续回家。头额汗未干，拖其疲劳之步，而一日工作既毕，当可支足竹架床，与其家人笑语灯前，了无挂虑。回思吾人窗下十年，依然困守茅舍，日夕焦虑米价，对之有惭色矣。

不堪风雨吊楼居

川东多竹，故构屋不乏以竹制。重庆又少坦地，故构屋又不乏制之吊楼。吊楼之形，外看如屋，唯仅半面有基，勉强立平地。其后半栋，则伸诸崖外。崖下立巨竹，依石坡上下，倚斜以为柱。在屋后视之，俨然一楼也。

吊楼下空，量求其轻，故除顶上盖薄瓦外，墙以竹片编织之，里外糊泥，再涂以石灰。壁上有窗，以薄木为框，嵌置其中。壁亦有夹层者，意不在防风雨，备盗也。吊楼前半，系土地，与平房无别，后半则敷黄色木板，颇似民间草台。履其上，吱咯有声，震撼如屋前落叶。楼外有作栏者，依之远眺，飘然欲仙，此非谓情绪，乃谓行动。好友张友鸾，即建一楼于重庆之大田，且易瓦而草。其书房之小，仅容一桌一椅，更又一几，来三客，则立其一，又其一，则掩门而始得凳而坐。张自嘲，题之曰惨庐焉。

此项吊楼，非扬子江以北所能建，亦非门以外所能建，何则？五分钟风雨，即粉碎矣。北平不尝有路祭棚乎？较之犹健且美也。

夜半呼声炒米糖

客有稍住春明门内者，对硬面饽饽呼声，必有其深刻印象。若求其仿似声于重庆，则炒米糖开水是已。此类小贩，其负担至者，左提一壶，右携一筐，筐上置小灯，其事遂毕。或荷小扁杖，前壶而后筐，手提八方寸立体之玻璃罩油灯，亦尽乃事。壶多有胆，内燃火炭，其火待死，作紫色，仅有微温，水沸与否，天知之矣。筐中有粗碗，有竹箸，有纸包之炒米糖块。食时，以米糖碎置碗内，提壶水冲之，即可以箸挑食。糖殊不佳，亦复不甜，温水中不溶化其味可知也。

虽然，吆唤其声之情调，乃诗意充沛，至为凄凉。每于夜深，大街人静，万籁无声。陋巷中电灯惨白，人家尽闭门户。而“炒米糖开水”之声，漫声遥播，由夜空中传来。尤其将明未明，宿雾弥漫，晚风拂户，境至凄然。于是而闻此不绝如缕之呼声，较之寒山夜钟声更为不耐也。

安步胜车

山城多坡，马路亦不鲜半里平坦者，设不轿而车，深令人感觉上下艰难。如其上也，人力车夫身躬如落汤之虾，颀与车把，俯伏及地，轮如胶粘，作蜗牛之移动。渝地泥质油滑，且多阴雨，每经此途，见车夫喘气如待毙之牛马，设有人心，实不忍端坐车上也。反之，车疾驰下滑，轮转如飞，车夫势处建瓴，不能控制，其车，则高提车把于肩，全车斗上仰，客则卧而行，几可摔出车外。及地形稍坦，车夫如行舟已出三峡，重庆更生。扶把缓步，暂舒其疲劳。在车中客，头足齐仰，势同元宝，其滋味可想象之矣，古语有之，安步当车，而重庆谓为安步胜车焉。

望龙门缆车

八年抗战，夔门内，江边小城，一跃而为现代化都市。轰炸之余，登山俯瞰，见栉次鳞比，万家重叠，大江双合，船舶蚁聚。固有感中华民族之有朝性，究非一蹶不振矣。重庆交通工具之最摩登者，为望龙门缆车。是地由林森路陡坡直下江干，石砌数百级，若以南京中山陵，北平北海白塔计之，固犹未及其高度。当缆车未兴时，客由南岸龙门浩来，舍船登岸，伛偻俯进，不可仰视，拾级既毕，通体汗下。当年家住南岸，无不以为苦也。

缆车成后，颇减行旅之苦。车较公共汽车具体而微，无论，坐椅横列，约可乘二十客。车以钢链系之，置于陡坡之两端，坡上置双轨，车顺轨滑溜而下。行时，全车如辘辘之汲水，此降则彼升。唯客座仰视，降则人同倒退耳。因此，下降者多不愿乘车，票房营业，遂高低异趣。

国内原无缆车，十年前，庐山欲建之，议未成而战事起。故吾国缆车史，重庆望龙门乃居第一页矣。

茶肆卧饮之趣

古人茶经茶言，谓茶出蜀。然吾人至渝，殊不得好茶。普通饮料，为滇来之沱茶，此外则香片。原所谓香片，殊异北平所饮，叶极粗，略有一二焦花，转不如沱茶之有苦味也。虽然，渝人上茶馆则有特嗜，晨昏两次，大小茶馆，均满坑满谷。粗桌一，板凳四，群客围坐，各于其前置盖碗所泡之沱茶一，议论纷纭，喧哗于户外。间有卖瓜子花生香烟小贩，点缀其间，如是而已。

但较小茶肆，颇有闲趣，例于屋之四周，排列支架之卧椅。椅以数根木棍支之，或蒙以布面，或串以竹片，客来，各踞一榻，虽卧而饮之，以椅旁例夹一矮几也。草草劳人，日为平价米所苦，遑论娱乐？工作之余，邀两三好友，觅僻静地区之小茶馆，购狗屁牌一盘，泡茶数碗，支足，仰卧椅上，闲谈上下古今事，所费有限，亦足销费二三小时。间数日不知肉味，偶遇牙祭，乃得饱啖油大（打牙祭、油大，均川语）。腹便便，转思有以消化，于是亟趋小茶馆，大呼沱茶来。此时，闲啜数口，较真正龙井有味多多也。尤其郊外式之小茶馆，仅有桌凳四五，而于屋檐下置卧椅两排，颇似北平之雨来，仰视雾空，微风拂面，平林小谷，环绕四周，辄与其中，时得佳趣，八年中抗战生活，特足提笔大书者也。

担担面

西北角人，对名词喜叠用，碗曰碗碗，桷曰桷桷，盆曰盆盆。四川虽较南，而此习相通。故担担面者，此叠字无关，以国语评之，即担儿面也。担担面约有两种，无论川人与否，皆嗜之：其一，沿街叫卖者，担前为炉与铁罐（吊子），担后则一柜，屉中分储面与抄手（馄饨）。上置瓶碟若干，满盛佐料酱醋。佐料多切成细末之物，外省人乃不能举其名。另以一小篾挂担头，置生菜于其中。每煮面熟，辄以沸水泡生菜一份加面上。所有佐料，胥加一小摄，而椒姜尤为不可少，其味鲜脆适口，吾入初至渝时，每碗仅费四五分耳。又其一，则为摊贩，或有案，或无案，就食者或立或坐，围担而食。面类较多，有炸酱（非如北方之炸酱，乃系以猪肉煮细末为浇头），素条，红油，甜水之分。其味埋伏汤中，乃以猪骨煮成啜之至美。此项担担面，例无市招，以地为名。衣冠楚楚之辈，联袂而往焉。成都人所嗜较渝尤甚。左捧碗，右执箸，人弯腰立坦地上，挑面食之吱吱然不以为怪。北平固好小吃，如此作风，殆鲜有也。

排班候车

在渝八年，有一事最令人满意，即排班是。排班之最守秩序者，又莫如候公共汽车。

渝为半岛，市中干路南北两极端由曾家岩至朝天门达十五六华里，由曾家岩至市中心区精神堡垒亦可十里。办公人员半在市北，购物酬酢，又在市南。若无公共汽车，雨则泥浆满天，晴则烈日当空，无论乘人力车所费不赀，而山路崎岖，蜗牛缓步，亦耗时过多。不得已，则群趋公共汽车矣。渝市公共汽车量最少减至一辆，最多亦不过五十余辆，以百四十万人口，而赖此区区之交通工具，其拥挤宁须揣想。

在民三十年后，渝市汽车站，各列有敌栏、栏端以二柱夹一口。候车者入口扶栏，单行排立，车至，顺序而上。且栏边有宪兵，严格执行规章。市民习之久，不以为苛，三月而去宪，半年而去栏。而战局好转，人心安定，人民熙熙道上，而候车者亦众。车虽能办到五分钟开一辆，而供不应求，候车班列，亦愈来愈长，平常在二三十码，稍挤则五六十码。至三十三年，常见候车班列，长延一里。而推肩叠背，接踵而上。无一乱其行列者。苟有之，则群起而呵责，其人必为之色沮。笔者离渝之日，此习未改，颇可念也。

两都赋

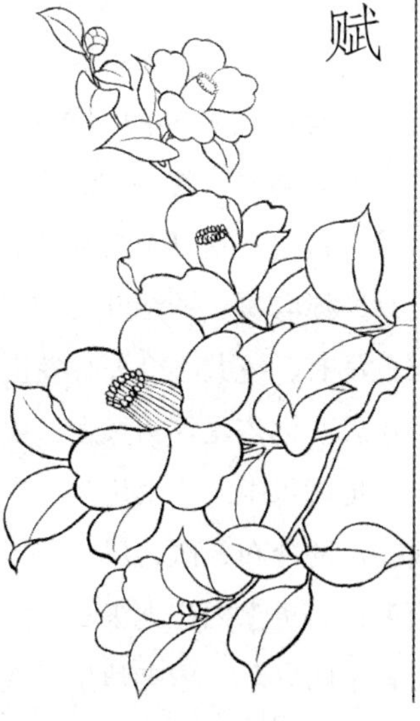

燕居夏亦佳

到了阳历七月，在重庆真有流火之感。现在虽已踏进了八月，秋老虎虎视眈眈，说话就来，真有点谈热色变，咱们一回想到了北平，那就觉得当年久住在那儿，是人在福中不知福。不用说逛三海上公园，那里简直没有夏天。就说你在府上吧，大四合院里，槐树碧油油的，在屋顶上撑着一把大凉伞儿，那就够清凉。不必高攀，就凭咱们拿笔杆儿的朋友，院子里也少不了石榴盆景金鱼缸。这日子石榴结着酒杯那么大，盆里荷叶伸出来两三尺高，撑着盆大的绿叶儿，四围配上大小七八盆草木花儿，什么颜色都有，统共不会要你花上两元钱，院子里白粉墙下，就很有个意思。你若是摆得久了，卖花儿的逐日会到胡同里来吆唤，换上一批就得啦。小书房门口，垂上一幅竹帘儿，窗户上糊着五六枚一尺的冷布，既透风，屋子里可飞不进来一只苍蝇。花上这么两毛钱，买上两三把玉簪花红白晚香玉，向书桌上花瓶子一插，足香个两三天。屋夹角里，放上一只绿漆的洋铁冰箱，连红漆木架在内，只花两三元钱。每月再花一元五角钱，每日有送天然冰的，搬着四五斤重一块的大冰块，带了北冰洋的寒气，送进这冰箱。若是爱吃水果的朋友，花一二毛钱，把虎拉车（苹果之一种，小的）大花红、脆甜瓜之类，放在冰箱里镇一镇，什么时候吃，什么时候拿出来，又凉又脆又甜。再不然，买几大枚酸梅，五分钱白糖，煮上一大壶酸梅汤，向冰箱里一镇，到了两三点钟，槐树上知了儿叫处正酣，不用午睡啦，取出汤来，一个人一碗，全家喝他一个“透心儿凉”。

北平这儿，一夏也不过有七八天热上华氏九十度。其余的日子，屋子里平均总是华氏八十来度，早晚不用说，只有华氏七十来度。碰巧下上一阵黄昏雨，晚半晌睡觉，就非盖被不成。所以要笔杆儿的朋友，在绿阴阴的纱窗下，鼻子里嗅着瓶花香，除了正午，大可穿件小汗衫儿，从容工作。若是喜欢夜生活的朋友，更好，电灯下，晚香玉更香。写得倦了，恰好胡同深处唱曲儿的，奏着胡琴弦子鼓板，悠悠而去。掀帘出望，残月疏星，风露满天，你还会缺少“烟士披里纯”吗？

翠拂行人首

一条平整的胡同，大概长约半华里吧？站在当街向两头一瞧，中国槐和洋槐，由人家院墙里面伸出来，在洁白的阳光下，遮住了路口。这儿有一列白粉墙，高可六七尺，墙上是青瓦盖着脊梁，由那上面伸到空气里去的是两三棵枣树儿，绿叶子里成球的挂着半黄半红的冬瓜枣儿。树阴下一个翻着兽头瓦脊的一字门楼儿，下面有两扇硃漆红板门，这么一形容，你必然说这是个布尔乔亚之家，不，这是北平城里“小小住家儿的”。

这样的房子，大概里面是两个院子，也许前面院子大，也许后面院子大。或者前面是四合院，后面是三合院，或者是倒过一个个儿来，统共算起来，总有十来间房。平常一个耍笔杆儿的，也总可以住上一个独院，人口多的话，两院都占了。房钱是多少呢，当我在那里住家的时候，约莫是每月二十元到三十元；碰巧还装有现成的电灯与自来水。现时在重庆找不到地方落脚的主儿，必会说我在说梦话。

就算是梦吧？咱们谈谈梦。北平任何一所房，都有点艺术性，不会由大门直通到最后一进。大门照例是开在一边，进门来拐一个弯，那里有四扇绿油油屏门隔了内外。进了这屏门，是外院。必须有石榴树、金鱼缸，以及夹竹桃、美人蕉等盆景，都陈列在院子里。有时在绿屏门角落，栽上一丛瘦竿儿竹子，夏天里竹笋已成了新竹，拂着嫩碧的竹叶，遥对着正屋砝红的窗格，糊着绿冷布的窗户，格外鲜艳。白粉墙在里面的一方，是不会单调的，墙上层照例画着一栏山水人物的壁画。记着，这并不是富贵人家。你勤快一点，干净一点，花极少的钱，就可以办到。

正屋必有一带走廊，也许是落地砝漆柱，也许是乌漆柱，透着一点画意。下两层台阶儿，廊外或者葡萄架，或者是紫藤架，或者是一棵大柳，或者是一棵古槐，总会映着全院绿阴阴的。虽然日光正午，地下筛着碎银片的阳光，咱们依然可以在绿阴下，青砖面的人行路上散步。柳树枝或葡萄藤儿，由上面垂下来，拂在行步人的头上，真有“翠拂行人首”的词意。树枝上秋蝉在拉着断续的嘶啦之声，象征了天空是热的。深胡同里，遥遥的有小贩吆唤着：“甜葡萄嘞，戛戛枣儿啦，没有虫儿的。”这声音停止了，当的一声，打糖锣的在门外响着。一切市声都越发的寂静了，这是北平深巷里的初秋之午。

面水看银河

早十年吧，每个阴历七月七，我都徜徉在北海公园，有时是一个人，有时有一个伴侣，但至多就是这个伴侣。不用猜，朋友们全知道这伴侣现在是谁。有人说，暮年人总会憧憬着过去的。我到暮年还早，我却不能不憧憬这七夕过去的一幕。当朋友们在机器房的小院坝上坐着纳凉之时，复兴关头的一钩残月正洒出昏黄的光，照着山城的灯光，高高低低于烟雾丛中，隐藏了无限的鸽子笼人家。我们抹着头上的汗，看那满天蕴藏了雨意的白云缝里，吐出一些疏落的星点。大家由希腊神话，说到中国双星故事，由双星故事，说到故乡。空气中的闷热，互相交流了，我念出了几句舒铁云"博望访星"的道白："一水迢迢，别来无恙？""三秋渺渺，未免有情。"朋友说，"恨老"最富诗意。我明白，这是说儿女情长。尤其是这个老字，相当幽默。然而，更引起我的回忆了。初秋的北海，是黄金时代。进了公园大门，踏上琼岛的大桥，看水里的荷叶，就像平地拥起了一片翠堆。暮色苍茫中，抬头看岛上的撑天古柏老槐，于金红色的云形外，拥着墨绿色的叶子。老鸦三三五五绕了山顶西藏式的白塔，由各处飞回了它的巢，站在伸出怒臂的老枝干上。山上几个黄琉璃瓦的楼阁暗示着这里几度不同的年代，诗意就盎然了。沿了北海的东岸，在高大的老槐树下，走过了两华里路长的平坦大路，游园的人是坐船渡湖的，这里很少几个行人。幽暗暗的林阴下两边假山下的秋虫接续老槐树上的断续蝉声，吱吱喳喳的在里面歌唱。人行路上没有一点浮尘，晚风吹下三五片初黄的槐叶，悄然落在地面。偶然在林阴深处，露出二三个人影，觉得吾道不孤。

大半个圈子走到了北岸。热闹了，沿海子的楼阁前面，全是茶座，人影满空。看前面一片湖水，被荷叶盖成了一碧万顷的绿田，绿田中间辟了一条水道，荡漾着来去的游艇。笑声，桨声，碗碟声，开汽水瓶声，组织成了另一种空气。踅走到极西角，于接近小西天的五龙亭第五亭桥上，我找到一个茶座。这里游人很少，座前就是荷叶，碰巧就有两朵荷花，开得好。最妙的还是有一丛水苇子直伸到脚下。喝过两盏苦茗，发现月亮像一柄银梳，落在对面水上。银河是有点淡淡的影子，繁星散在两岸，抬头捉摸着哪里是双星呢？坐下去，看下去，低声谈下去。夜凉如水，湖风吹得人不能忍受，伴侣加上一件毛线背心。赶快渡海吧，匆匆上了游船，月落了，银河亮了，星光照着荷花世界，人在宁静幽远微香的境界里，漂过了一华里的水面，一路都听到竹篙碰着荷叶声。

这境界我们享受过了，如何留给我们的子孙呢？

奇趣乃时有

“莲花灯，莲花灯，今儿个点了明儿个扔。”在阴历七月十五的这一天，在北平大小胡同里，随处可以听到儿童们这样唱着。这里，我们就可以谈谈莲花灯。

莲花灯，并不是一盏莲花式样的灯，但也脱离不了莲花。它是将彩纸剪成莲花瓣儿，再用这莲花儿瓣，糊成各种灯，大概是兔子、鱼、仙鹤、螃蟹之类。这个风俗，不知所由来，我相信这是最初和尚开盂兰会闹的花样，后来流传到了民间。在七月初，庙会和市场里就有这种纸灯挂出来卖，小孩买了在放着。到了七月十五，天一黑，就点上蜡烛亮着。撑起来向胡同里跑，小朋友们不期而会，总是一大群唱着。人类总是不平等的，这成群的小朋友里，买不起莲花灯的，还有的是。他们有个聊以解嘲的办法，找一片鲜荷叶，上面胡乱插上两根佛香，也追随在玩灯的小朋友之后。这一晚，足可以“起哄”两三小时。但到七月十六，小孩子就不再玩了。家长并没有叮嘱过他们，他们的灯友，也没有什么君子协定，可是到了次日，都要扔掉。北平社会的趣味，就在这里，什么日子，有个什么应景的玩艺，过时不候。若莲花灯能玩个十天半个月，那就平凡了。

为了北平人的“老三点儿”，吃一点儿，喝一点儿，乐一点儿，就无往不造成趣味，趣味里面就带有一种艺术性，北平之使人留恋就在这里。于是我回忆到南都，虽说是卖菜佣都带有六朝烟水气，其实现在已寻不着了。纵然有一点，海上来的欧化气味，也把这风韵吞噬了，而况这六朝烟水气还完全是病态的。就说七月十五烧包袱祭祖，这已不甚有趣味，而城北新住宅区，就很少见。秦淮河里放河灯，未建都以前，照例有一次，而以后也已废除，倒是东西门的老南京，依然还借了祭祖这个机会，晚餐可以饱啖一顿。二十五年的中元节，有人约我向南城去吃祭祖饭，走到夫子庙，兴尽了，我没去。这晚月亮很好，被两三个朋友拖住，驾一叶之扁舟，溯河东上（秦淮西流），直把闹市走尽，在一老河柳的阴下，把船停着，雪白的月亮，照着南岸十竹疏林，间杂些瓜棚菜圃，离开了歌舞场，离开了酒肆茶楼，离开了电化世界，倒觉耳目一新。从前是“蒋山青，秦淮碧”，于今是秦淮黑，但到这里水纵然不碧，却也不黑，更不会臭。水波不兴的上流头，漂来很零落的几盏红绿荷叶灯，似乎前面有人家作佛事将完。但眼看四处无人，虫声唧唧，芦丛柳阴之间，仿佛有点鬼趣，引出我心里一种说不出的滋味。

第二年的中元节，我避居上新河，乡下人烧纸，大家全怕来了警报，不免各捏一把汗。又想起前一年孤舟之游秦淮，是人间天上了。于今呢？却又让我回忆着上新河！

风飘果市香

“已凉天气未寒时”，这句话用在江南于今都嫌过早，只有北平的中秋天气，乃是恰合。我于北平中秋的赏识，有些出人意外，乃是根据“老妈妈大会”、“奶奶经”而来，喜欢夜逛“果子市”。逛果子市的兴趣，第一就是“已凉天气未寒时”。第二是找诗意。第三是“起哄”。第四是“踏月”。直到第五，才是买水果。你愿意让我报告一下吗？

果子市并不专指哪个地方，东单（东单牌楼之简称，下仿此）、西单、东四、西四。东四的隆福寺，西四的白塔寺，北城的新街口，南城的菜市口，临时会有果子市出现。早在阴历十三的那天晚半晌儿，果子摊儿就在这些地方出现了。吃过晚饭，孩子们就嚷着要逛果子市。这事交给他们姥姥或妈妈吧。我们还有三个斗方名士（其实很少写斗方），或穿哔叽西服，或穿薄呢长袍，在微微的西风敲打院子里树叶声中，走出了大门。胡同里的人家白粉墙上涂上了月光，先觉得身心上有一番轻松意味，顺步遛到最近一个果子市，远远地就嗅到一片清芬（仿佛用清香两字都不妥似的）。到了附近，小贩将长短竹竿儿，挑出两三个不带罩子的电灯泡儿，高高低低，好像在街店屋檐外，挂了许多水晶球，一片雪亮。在这电光下面，青中透白的鸭儿梨，堆山似的，放在摊案上。红戛戛枣儿，紫的玫瑰葡萄，淡青的牛乳葡萄，用箩筐盛满了，沿街放着。苹果是比较珍贵一点儿的水果，像擦了胭脂的胖娃娃脸蛋子，堆成各种样式，放在蓝布面的桌案上。石榴熟得笑破了口，露出带醉的水晶牙齿，也成堆放在那里。其余是虎拉车（大花红）、山里红（山楂）、海棠果儿，左一簸箕，右一筐子。一堆接着一堆，摆了半里多路。老太太、少奶奶、小姐、孩子们，成群的绕了这些水果摊子，人挤有点儿，但并不嘈杂，因为根本这是轻松的市场。大半边月亮在头上照着，不大的风吹动了女人的鬓发。大家在这环境里斯斯文文的挑水果，小贩子冲着人直乐，很客气地说："这梨又脆又甜，你不称上点儿？"我疑心在君子国。

哪里来的这一阵浓香，我想。呵！上风头，有个花摊子，电灯下一根横索，成串的挂了紫碧葡萄还带了绿叶儿，下面一只水桶，放了成捆的晚香玉和玉簪花，也有些五色马蹄莲。另一只桶，漂上两片嫩荷叶，放着成捆的嫩香莲和红白莲花，最可爱的是一条条的藕，又白又肥，色调配得那样好看。

十点钟了，提了几个大鲜荷叶包儿回去。胡同里月已当顶，土地上像铺了水银。人家院墙里伸出来的树头，留下一丛丛的轻影，面上有点凉飕飕，但身上并不冷。胡同里很少行人，自己听到自己的脚步响，吁吁呜呜，不知是哪里送来几句洞箫声。我心里有一首诗，但我捉不住她，她仿佛在半空中。

乱苇隐寒塘

在三十年前的京华游记上，十有七八，必会提到陶然亭。没到过北平的人，总以为这里是一所了不起的名胜。就以我而论，在作小孩子的时候，就在小说上看到了陶然亭，把它当了西湖一般的心向往之。及至我到了故都，不满一星期，我就去拜访陶然亭，才大为失望。这倒也不是说那里毫无可取，只是盛名之下，其实难符罢了。

然则陶然亭何以享有这大的盛名？这有点原故：第一，在帝制时代，北京的一切伟大建筑，宫殿园林，全未开放，供给墨客骚人欣赏的地方，可以说等于没有，只有二闸、什刹海、菱角坑、陶然亭，两三处有天然风景的地方，聊可一顾，而陶然亭是更好一点。第二，名胜的流传，始终赖于我们这支笔的夸大，这是我们值得自傲的。北京的南镇，是当年上京求名的举子麇集之处，他们很容易走向那里，所以天南地北的举子，把这个名字带到八方。第三，我看过一百多年前的一张《江亭览胜图》，上面所写的陶然亭，水土萧疏，实在也不坏。古人赏鉴着，后人跟着起哄，陶然亭虽非故我，那盛名是不朽的。

那么，现在的陶然亭怎么样呢？这里，我应当有个较简明的介绍。它在内城宣武门外，外城永定门内，南下洼子以南。那里没有人家，只是旷野上，一片苇塘子，有几堆野坟而已。长芦苇的低地，不问有水无水，北人叫着苇塘子。春天是草，夏天像高粱地，秋天来了，芦苇变成了赭黄色。芦苇叶子上，伸出杆子，上面有成球的花。花被风一吹，像鸭绒，也像雪花，满空乱飞。苇丛中间，有一条人行土路，车马通行，我们若是秋天去，就可以在这悄无人声漫天晴雪的环境里前往。

陶然亭不是一个亭子，是一座庙宇，立在高土坡上。石板砌着土坡上去。门口有块匾，写了“陶然亭”三个字。是什么庙？至今我还莫名其妙，为什么又叫江亭呢？据说这是一个姓江的人盖的，故云，并非江边之亭也。三十年前，庙里还有些干净的轩树，可以歇足。和尚泡一壶茶末，坐在高坡栏杆边，看万株黄芦之中，三三两两，伸了几棵老柳。缺口处，有那浅水野塘，露着几块白影。在红尘十丈之外，却也不无一点意思。北望是人家十万，雾气腾腾，其上略有略无，抹一带西山青影。南望却是一道高高的城墙，远远两个箭楼，立在白云下，如是而已。

我在北平将近二十年，在南城几乎勾留一半的时间，每当人事烦扰的时候，常是一个人跑去陶然亭，在芦苇丛中，找一个野水浅塘，徘徊一小时，若遇到一棵半落黄叶的柳树，那更好，可以手攀枯条，看水里的青天。这里没有人，没有一切市声，虽无长处，洗涤繁华场中的烦恼，却是可能的。

听鸦叹夕阳

北平的故宫，三海和几个公园，以伟大壮丽的建筑，配合了环境，都是全世界上让人陶醉的地方。不用多说，就是故宫前后那些老鸦，也充分带着诗情画意。

在秋深的日子，经过金鳌玉栋桥，看看中南海和北海的宫殿，半隐半显在苍绿的古树中。那北海的琼岛，簇拥了古槐和古柏，其中的黄色琉璃瓦，被偏西的太阳斜照着，闪出一道金光。印度式的白塔，伸入半空，四周围了杈枒的老树干，像怒龙伸爪。这就有千百成群的乌鸦，掠过故宫，掠过湖水，掠过树林，纷纷飞到这琼岛的老树上来，远看是黑纷腾腾，近听是呱呱乱叫，不由你不对了这些东西，发生了怀古之幽情。

若照中国词章家的说法，这乌鸦叫着宫鸦的。很奇怪，当风清日丽的时候，它们不知何往？必须到太阳下山，它们才会到这里来吵闹。若是阴云密布，寒风瑟瑟，便终日在故宫各个高大的老树林里，飞着又叫着。是不是它们最喜欢这阴暗的天气？我们不得而知。也许它们讨厌这阴暗天气，而不断地向人们控诉。我总觉得，在这样的天气下，看到哀鸦乱飞，颇有些古今治乱盛衰之感。真不知道当年出离此深宫的帝后，对于这阴暗黄昏的鸦群作何感想？也许全然无动于衷。

北平深秋的太阳，不免带几分病态。若是夕阳西下，它那金紫色的光线，穿过寂无人声的宫殿，照着红墙绿瓦也好，照着这绿的老树林也好，照着飘零几片残荷的湖淡水也好，它的体态是萧疏的，宫鸦在这里，背着带病色的太阳，三三五五，飞来飞去，便是一个不懂诗不懂画的人，对了这景象，也会觉得衰败的象征。

一个生命力强的人，自不爱欣赏这病态美。不过在故宫前，看到夕阳，听到鸦声，却会发生一种反省，这反省的印象给予人是有益的。所以当每次经过故宫前后，我都会有种荆棘铜驼的感慨。

风檐尝烤肉

有人吃过北平的松柴烤肉吗？现在街头上橙黄橘绿，菊花摊子四处摆着，尝过这异味的人，就会对北平悠然神往。

据传说，松柴烤牛肉，那才是真正的北方大陆风味，吃这种东西，不但是尝那个味，还要领略那个意境。你是个士大夫阶级，当然你无法去领略。就是我在北平作客的二十年，也是最后几年，变了方法去尝的，真正吃烤肉的功架，我也是“仆病未能”。那么，是怎么个情景呢？说出来你会好笑的。

任何一条马路上，有极宽的人行路，这路总在一丈开外，在不妨碍行人的屋檐下，有些地方，是可以摆着浮摊的。这卖烤牛肉的炉灶，就是放置在这种地方。无论这炉灶属于大馆子小馆子或者饭摊儿，布置全是一样。一个高可三尺的圆炉灶，上面罩着一个铁棍罩子，北方人叫着甑（读如赠），将二三尺长的松树柴，塞到甑底下去烧。卖肉的人，将牛羊肉切成像牛皮纸那么薄，巴掌大一块（这就是艺术），用碟儿盛着，放在柜台或摊板上，当太阳黄黄儿的，斜临在街头，西北风在人头上瑟瑟吹过。松火柴在炉灶上吐着红焰，带了缭绕的青烟，横过马路。在下风头远远的嗅到一种烤肉香，于是有这嗜好的人，就情不自禁的会走了过去，叫一声："掌柜的，来两碟！"这里炉子四周，围了四条矮板凳，可不是坐着的，你要坐着，是上洋车坐车踏板，算来上等车了。你走过去，可以将长袍儿大襟一撩，把右脚踏在凳子上。店伙自会把肉送来，放在炉子木架上。另外是一碟葱白，一碗料酒酱油的掺合物。木架上有竹竿作的长棍子，长约一尺五六。你夹起碟子里的肉，向酱油料酒里面一和弄，立刻送到铁甑的火焰上去烤烙。但别忘了放葱白，去掺合着，于是肉气味、葱气味、酱油酒气味、松烟气味，融合一处，铁烙罩上吱吱作响，筷子越翻弄越香。

你要是吃烧饼，店伙会给你送一碟火烧来。你要是喝酒，店伙给你送一只杯子，一个三寸高的小锡瓶儿来，那时你左脚站在地上，右脚踏在凳上，右手拿了长筷子在甑上烤肉，左手两指夹了锡瓶嘴儿，向木架子上杯子里斟白干，一筷子熟肉送到口，接着举杯抿上一口酒，那神气就大了。"虽南面王无以易也！"

趣味还不止此，一个甑，同时可以围了六七个人吃。大家全是过路人，谁也不认识谁。可是各人在甑上占一块小地盘烤肉，有个默契的君子协定，互不侵犯。各烤各的，各吃各的。偶然交上一句话："味儿不坏！"于是作个会心的微笑。吃饱了，人喝足了，在店堂里去喝碗小米稀饭，就着盐水疙瘩，或者要个天津萝卜啃，浓腻了之后再来个清淡，其味无穷。另有个笑话，不巧，烤肉时，站在下风头，炉子里松烟，可向脸上直扑，你得时时闪开，去揉擦眼泪水儿。可是一面揉眼睛，一面夹长筷子烤肉，也有的是，那就是趣味吗！

这样说来，士大夫阶级，当然尝不到这滋味。不，顺直门里烤肉宛家的灰棚里，东安市场东来顺三层楼上，前门外正阳楼院子里，也可以烤肉吃。尤其是烤肉宛家，每到夕阳西下，喝小米稀饭的雅座里，可以搬出二三十件狐皮大衣，自然，那灰棚门口，停着许多漂亮汽车。唉！于今想来，是一场梦。

黄花梦旧庐

晚上作了一个梦，梦见七八个朋友，围了一个圆桌面，吃菊花锅子。正吃得起劲，不知为一种什么声音所惊醒。睁开眼来，桌上青油灯的光焰，像一颗黄豆，屋子里只有些模糊的影子。窗外的茅草屋檐，正被西北风吹得沙沙有声。竹片夹壁下，泥土也有点窸窣作响，似乎耗子在活动。这个山谷里，什么更大一点的声音都没有，宇宙像死过去了。几秒钟的工夫，我在两个世界。我在枕上回忆梦境，越想越有味，我很想再把那顿没有吃完的菊花锅子给它吃完。然而不能，清醒白醒的，睁了两眼，望着木窗子上格纸柜上变了鱼肚色。为什么这样可玩味，我得先介绍菊花锅子。这也就是南方所说的什锦火锅。不过在北平，却在许多食料之外，装两大盘菊花瓣子送到桌上来。这菊花一定要是白的，一定要是蟹爪瓣。在红火炉边，端上这么两碟东西，那情调是很好的。要说味，菊花是不会有什么味的，吃的人就是取它这点情调。自然，多少也有点香气。

那么不过如此了，我又何以对梦境那样留恋呢？这就由菊花锅想菊花，由菊花想到我的北平旧庐。我在北平，东西南北城都住过，而我择居，却有两个必须的条件：第一，必须是有树木的大院子，还附着几个小院子；第二，必须有自来水。后者，为了是我爱喝好茶；前者，就为了我喜欢栽花。我虽一年四季都玩花，而秋季里玩菊花，却是我一年趣味的中心。除了自己培秧，自己接种。而到了菊花季，我还大批的收进现货。这也不但是我，大概在北平有一碗粗茶淡饭吃的人，都不免在菊花季买两盆“足朵儿的”小盆，在屋子里陈设着。便是小住家儿的老妈妈，在大门口和街坊聊天，看到胡同里的卖花儿的担子来了，也花这么十来枚大铜子儿，买两丛贱品，回去用瓦盆子栽在屋檐下。

北平有一群人，专门养菊花，像集邮票似的，有国际性，除了国内南北养菊花互通声气而外，还可以和日本养菊家互掉种子，以菊花照片作样品函商。我虽未达这一境界，已相去不远，所以我在北平，也不难得些名种。所以每到菊花季，我一定把书房儿间房子，高低上下，用各种盆子，陈列百十盆上品。有的一朵，有的两朵，至多是三朵，我必须调整得它可以“上画”。在菊花旁边，我用其他的秋花，小金鱼缸，南瓜、石头、蒲草、水果盘、假古董（我玩不起真的），甚至一个大芜菁，去作陪衬，随了它的姿态和颜色，使它形式调和。到了晚上，亮着足光电灯，把那花影照在壁上，我可以得着许多幅好画。屋外走廊下，那不用提，至少有两座菊花台（北平寒冷，菊花盛开时，院子里已不能摆了）。

我常常招待朋友，在菊花丛中，喝一壶清茶谈天。有时，也来二两白干，闹个菊花锅子，这吃的花瓣，就是我自己培养的。若逢到下过一场浓霜，隔着玻璃窗，看那院子里满地铺了槐叶，太阳将枯树影子，映在窗纱上，心中干净而轻松，一杯在手，群芳四绕，这情调是太好了，你别以为我奢侈，一笔所耗于菊者，不超过二百元也。写到这里，望着山窗下水盂里一朵断茎“杨妃带醉”，我有点黯然。

影树月成图

北平是以人为的建筑，与悠久时间的习尚，成了一个令人留恋的都市。所以居北平越久的人，越不忍离开，更进一步言之，你所住久的那一所住宅，一条胡同，你非有更好的，或出于万不得已，你也不会离开。那为什么？就为着家里的一草一木，胡同里一家油盐杂货店，或一个按时走过门口的叫卖小贩，都和你的生活打成了一片。

我在北平住的三处房子，第一期，未英胡同三十六号，以旷达胜。前后五个大院子，最大的后院可以踢足球。中院是我的书房，三间小小的北屋子，像一只大船，面临着一个长五丈、宽三丈的院落，院里并无其他庭树，只有一棵二百岁高龄的老槐，绿树成阴时，把我的邻居都罩在下面。第二期是大栅栏十二号，以曲折胜。前后左右，大小七个院子，进大门第一院，有两棵五六十岁的老槐，向南是跨院，住着我上大学的弟弟，向北进一座绿屏门，是正院，是我的家，不去说它。向东穿过一个短廊，走进一个小门，路斜着向北，有个不等边三角形的院子，有两棵老龄枣树，一棵樱桃，一棵紫丁香，就是我的客室。客室东角，是我的书房，书房像游览车厢，东边是我手辟的花圃，长方形有紫藤架，有丁香，有山桃。向西也是个长院，有葡萄架，有两棵小柳，有一丛毛竹，毛竹却是靠了客室的后墙，算由东折而转西了，对了竹子是一排雕格窗户，两间屋子，一间是我的书库，一间是我的卧室与工作室。再向东，穿进一道月亮门，却又回到了我的家。卧室后面，还有个大院子，一棵大的红刺果树，与半亩青苔。我依此路线引朋友到我工作室来，我们常会迷了方向。第三期是大方家胡同十二号，以壮丽胜。系原国子监某状元公府第的一部分，说不尽的雕梁画栋，自来水龙头就有三个。单是正院四方走廊，就可以盖重庆房子十间，我一个人曾拥有书房客室五间之多。可惜树木荒芜了，未及我手自栽种添补，华北已无法住下去。你猜这租金是多少钱？未英胡同是月租三十元，大栅栏是四十元，大方家胡同也是四十元，这自不能与今日重庆房子比。就是与同时的上海房子比，也只好租法界有卫生设备的一个楼面，与同时的南京房子比，也只好租城北两楼两底的弄堂式洋楼一小幢。住家，我实在爱北平。让我回忆第一期吧。这日子，老槐已落尽了叶子，杈桠的树杆布满了长枯枝，石榴花金鱼缸以及大小盆景，都避寒入了房子，四周的白粉短墙，和地面刚铺的新砖地，一片白色，北方的雪，下了第一场雪，二更以后，大半边月亮，像眼镜一样高悬碧空。风是没有起了，雪地也没有讨厌的灰尘，整个院落是清寒，空洞，干净，洁白。最好还是那大树的影子，淡淡的，轻轻的，在雪地上构成了各种图案画。屋子里，煤炉子里正生着火，满室生春，案上的菊花和秋海棠依然欣欣向荣。胡同里卖硬面饽饽的，卖半空儿多给的，刚刚呼唤过去，万籁无声。于是我熄了电灯，隔着大玻璃窗，观赏着院子里的雪和月，真够人玩味。住家，我实在爱北平！

春生屋角炉

一日过上清寺，看到某大厦三层楼，铁炉子烟囱，四处钻出，几个北方同伴，不约而同的喊了一声久违久违。煤炉这东西在北方实在是没啥稀奇，过了农历十月初一，所有北平的住户，屋里都须装上煤炉，第一等的，自然是屋子里安上热气管，尽管干净，但也有人嫌不够味。第二等就是铁皮煤炉，将烟囱支出窗户或墙角去。第三等是所谓“白炉子”，乃是黄泥糊的，外层涂着白粉，一个铁架子支着，里面烧煤球。烧煤球有许多技巧，这里不能细说。但唯一的条件，必须把煤球烧得红透了，才可以端进屋子，否则会把屋子里人熏死。每冬，巡警阁子里，都有解煤毒的药，预备市民随时取用，也可见中毒人之多。其实煤球烧红了，百分之百的保险，无奈那些懒而又怕冷的人，好在屋子里添煤，添完了就去睡暖炕，不中毒何待？

铁炉子是比较卫生而干净。战前，有白铜或景泰蓝装饰的，大号也不过十一二元。普通的三四号炉子，只要三四元。白铁片烟囱，二毛几一节，一间屋子有二三十节足矣。所以安一个炉子计，材料共需十元上下。小炉子每冬烧门头沟煤约一吨半，若日夜不停的烧，也只是两吨，每吨价约十元上下。所以一间屋子的设备，加上引火柴块，也只是二十元。若烧山西红煤，约加百分之五十的用费，那就很考究了。你说，于今在重庆惊为至宝，咱们往年在北平住着的人听说，不会笑掉牙吗？

煤炉不光是取暖，在冬天，真有个趣味。书房屋角里安上一个炉子，讲究一点，可以花六七元钱，用四块白铁皮将它围上，免得烤糊了墙壁。尽管玻璃窗外，西北风作老虎叫，雪花像棉絮团向下掉，而炉子烧上大半炉煤块，下面炉口呼呼地冒着红光，屋子内会像暮春天气，人只能穿一件薄丝棉袍或厚夹袍。若是你爱穿西装，那更好，法兰绒的或哔叽的，都可以支持。书房照例是大小有些盆景，秋海棠，梅花，金菊、碧桃、晚菊，甚至夏天的各种草本花，颠倒四季，在案头或茶几上开着。两毛钱一个的玻璃金鱼缸，红的鱼，绿的草，放在案头，一般的供你一些活泼生机。

我是个有茶癖的人，炉头上，我向例放一只白搪瓷水壶，水是常沸，叮呤呤呤的响着，壶嘴里冒气。这样，屋子里的空气不会干燥，有水蒸气调和它。每当写稿到深夜，电灯灿白的照着花影，这个水壶的响声，很能助我们一点文思。古人所谓"瓶笙"，就是这玩艺了。假如你是个饮中君子，炉子上热它四两酒，烤着几样卤菜。坐在炉子边，边吃边喝，再剥几个大花生，你真会觉着炉子的可爱。假如你有个如花似玉的妻子伴着，两个人搬了椅子斜对炉子坐着，闲话一点天南地北，将南方去的闽橘或山橘，在炉上烤上两三个，香气四绕。你看女人穿着夹衣，脸是那样红红的。钟已十二点以后，除了雪花瑟瑟，此外万籁无声，年轻弟弟们，你还用我向下写吗？

我还是说我。过了半辈子夜生活，觉得没有北平的冬夜，给我以便利了。书房关闭在大雪的院子里，没有人搅扰我，也没有声音搅扰我。越写下去电灯越亮炉子里火也越热，盆景里的花和果盘里的佛手在极静止的环境里供给我许多清香。饿了烤它两三片面包，或者两三个咖喱饺子，甚至火烧夹着猪头肉，那种热的香味也很能刺人食欲，斟一杯热茶，就着吃，饱啖后，还可伏案写一二小时呢。

铁炉子呀！什么时候，你再回到我的书房一角落？

年味忆燕都

旧历年快到了，让人想起燕都的过年风味，悠然神往。我上次曾说过，北平令人留恋之处，就在那壮丽的建筑，和那历史悠久的安逸习惯。西人一年的趣味中心在圣诞，中国人的一年趣味中心，却在过年。而北平人士之过年，尤其有味。有钱的主儿，自然有各种办法，而穷人买他一二斤羊肉，包上一顿白菜馅饺子，全家闹他一个饱，也可以把忧愁丢开，至少快活二十四小时。人生这样子过去是对的，我就乐意永远在北平过年的。

我先提一件事，以见北平人过年趣味之浓。远在阴历七八月，小住家儿的就开始“打蜜供”了。蜜供是一种油炸白面条，外涂蜜糖的食物。这糖面条儿堆架起来，像一座宝塔，塔顶上插上一面小红纸旗儿。塔有大有小，大的高二三尺，小的高六七寸，重由二三斤到几两。到了大年三十夜，看人家的经济情形怎样。在祖先佛爷供桌上，或供五尊，或供三尊，在蜜供上加一个打字云者，乃打会转出来的名词。就是有专门作这生意的小贩，在七八月间起，向小住家儿的，按月份收定钱，到年终拿满价额交货。这么一点小事交秋就注意，可见他们年味之浓了。因此，一跨进十二月的门，廊房头条的绢灯铺，花儿市扎年花儿的，开始悬出他们的货。天津杨柳青出品的年画儿，也就有人整大批的运到北平来。假如大街上哪里有一堵空墙，或者有一段空走廊，卖年画儿的，就在哪里开着画展。东西南城的各处庙会，每到会期也更形热闹。由城市里人需要的东西，到市郊乡下的需要的东西，全换了个样，全换着与过年有关的。由腊八吃腊八粥起以小市民的趣味，就完全寄托在过年上。日子越近年，街上的年景也越浓厚。十五以后，全市纸张店里，悬出了红纸桃符，写春联的落拓文人，也在避风的街檐下，摆出了写字摊子。送灶的关东糖瓜大筐子陈列出来，跟着干果子铺、糕饼铺，在玻璃门里大篮、小篓陈列上中下三等的杂拌儿。打糖锣儿的，来得更起劲。他的担子上，换了适合小孩子抢着过年的口味，冲天子儿、炮打灯、麻雷子、空竹、花刀花枪，挑着四处串胡同。小孩一听锣声，便包围了那担子。所以无论在新来或久住的人，只要在街上一转，就会觉到年又快过完了。

北平是容纳着任何一省籍贯人民的都市。真正的宛平、大兴两县人，那百分比是微小得可怜的。但这些市民，在北平只要住上三年，就会传染了许多迎时过节的嗜好，而且越久传染越深。我在北平约莫过了十六七个年，因之尽管忧患余生，冲淡不了我对北平年味的回忆。自然，现在的北平小市民，已不能有百分之儿的年味存在，而这也就越让我回忆着了。

翁仲揖驴前

在重庆住了七年，大抵夏末秋初，不是亢旱一个时期，就是阴雨一个时期，或者像打摆子一样，两期都有。亢旱暑热得奇怪，阴雨是箱子由里向外长霉，不下于江南的黄梅时节。这让我们回想到江南的秋高气爽，提笔有点悠然神往。

一叶知秋，梧桐是最先怕西风的树。当南京马路两旁的梧桐，叶子变成苍绿色的时候，西风摇撼着的树，瑟瑟有声。大日光下，一片小扇面儿似的梧桐叶，飘然会落在你坐的人力车上。抬头看看，那正是初期作家最爱形容的月景，“蔚蓝的天空”。天脚下，闲闲地点缀几片白云。太阳晒在头上，不热，风吹在身上又不凉，这就很能引起人的郊游之思。

在中山东路，花两角大洋，可以搭上橡皮座垫的游览车。车子出中山门，先顺京沪国道，在水泥路面，滑上孝陵街，然后兜半个圈子，经伟大的体育场，在小山岗上，在小谷里，到达谭基口，中山陵的东端。下了公共汽车，先有一阵草里的秋虫声，欢迎着游客。虽然是郊外，路面修理得那样光滑而整洁，好像有灰布盖着的，在重庆城里绝挑选不出来这样的一段路。顺路走向中山陵下，在树阴下豁然开朗，白石面的广场，树立着白色的牌坊。向北看十余丈宽的场面，无数的玉石台阶，层层而起，雄丽整洁，直伸入半云。最上层蓝色琉璃瓦的寝殿屋角一方翘起，寝殿后的紫金山，穿着毛茸茸的苍绿秋袍，巍峨天际，三方拥抱了这寝殿，永护着中山先生在天之灵。在南方的小山岗，一层一层的铺排着。若是走在这台阶半中间向下俯瞰，便觉着有万象朝宗之况。描写中山陵的文章太多了，这里座谈无须多说。谒陵以后，你若是嫌山苍深处的谭基园林，反而游人太多，可以去那游人较少的简李陵。碰巧在公路之外，遇到几个赶牲口的，骑上小毛驴，踏着深草荒径，望了绿森森树林外一堵红墙走去。你在天高日晶之下，北仰高峰，南望平陵，鞭外的松涛，蹄下的草色，自然有一种苍苍莽莽的幽思。这里也无需去形容李陵风景。李陵外野茶馆里，面对了山野，喝上了一壶茶，吃几个茶盐蛋，消磨了半天。在一抹斜阳之外，骑驴回去，走上荒草疏林，路边一对一对的大翁仲，拱着大袖子，抱了石笏，对你拱立。他不会说话，但在他的面容上，石痕斑剥，已告诉你五百年前，他已饱经沧桑了。假如你是个诗人，是个画家，是个文人，这一次你就不会白跑。

归路横星斗

“悄立市桥人不识，一星如月看多时。”黄仲则在北京度他那可怜的除夕，他用着这个姿态出现。在那寒风凛冽的桥上看星星过年，这不是个乐子。可是在初秋的夜里，我依然感到在北平看星星，还是件很有诗意的事。任何一个初秋，在前门外大街，听过了两三个小时的京戏，满街灯火了，朋友约着，就在大栅栏附近，吃个小馆儿。馅饼周的馅饼，全聚德的烤鸭，山西馆的猫耳朵（面食之一），正阳楼的螃蟹，厚德福的核桃腰、瓦片鱼，恩成居的炒牛肉丝、炒鳝鱼丝，都会打动你的食欲。两三个人，花两三元钱，上西升平洗个单独房间的澡。我就爱顺便走向琉璃厂，买两本书或者采办点文具。

琉璃厂依然保持了纯东方色彩的建筑，不怎么高大的店房，夹着一条平整的路。街灯稀稀落落，照着街上有点光。可是抬起头来，满天的星斗，盖住了市面，电灯并不碍星光的夜景，两面的南纸店，书店墨盒店，古董店一律上了玻璃门，里面透出灯光来，表示他们还在作夜市。街上从容的走着人，没有前门外那些嘈杂的声浪，静悄悄的，平稳稳的，一阵不大的西风刮过，由店铺人家院子里吹来几片半焦枯的槐叶。这夜市不可爱吗？有个朋友说：在北平，单指琉璃厂，就是个搜刮不尽的艺术宝库，此话诚然。而妙在这艺术的宝库就是这样肃穆的。这里尽管作买卖，尽管作极大价钱的买卖，而你找不出市侩斗争的面目，所以我爱上琉璃厂买东西。掀开南纸店玻璃门外的蓝布帘儿，在伙友"您来了，今天要点儿什么？"的欢迎笑语中，买点儿纸笔出门，夜色就深了。"酱牛肉！"一种苍老的声音吆唤传来。这是琉璃厂夜市惟一的老小贩的声音。他几十岁了，原是一位"绿林老英雄"，洗手不干三四十年，专卖酱牛肉，全琉璃厂的人认得他。我每次夜过琉璃厂，我总听见这吆唤声，给我的印象最深。在他的吆唤声中，更夫们过来了：剥剥，彭彭；剥剥，彭彭！梆锣响着二更。一只灯笼，两个人影，由街檐下溜进小胡同去，由此向西，到了和平门大街了，路更宽，路灯也更稀落，而满天的星斗，却更明亮。路旁两三棵老柳树，树叶筛着西风，瑟瑟有声。"酱牛肉！"那苍老的声音，还自遥遥而来。我不坐车，我常是在星光下转着土面的冷静胡同走回家去。星光下两棵高入云霄的老槐，黑巍巍的影子，它告诉我那是家。我念此老人，我念此槐树，我念那满天星斗！

秋意侵城北

中秋快来了，在北平老早给我们一个报信的，是泥塑兔儿爷，而在南京呢？却是大香斗。虽然大香斗摆列在香烛店柜台上，不如兔爷摆在每条胡同儿的零食摊上，那样有趣。但在我们看到大香斗之后，似乎就有一种“烟士披里纯”，钻进文字匠人的脑子。中国的节令，没有再比中秋更富于诗意的。它给人们以欢乐，它给人以幽思，它给人以感慨，甚至它给人以悲哀，所以看到大香斗之后，因着各人的环境之不同，也就会各有各的感想。

天气是凉了，长江大轮的大餐间，把在庐山避暑的先生太太小姐们，一批一批的载回南京，首先是电影院表示欢迎之忱，在报上登着放映广告。其次是水果公司，将北方的碭山梨，良乡栗，天津葡萄，南方的新会柚子，台湾香蕉，怀远石榴，五颜六色，阵列在铺面平架上，自然，这些玩意儿，上海更多更好，可是在上海里表现着，在空气里缺少那么一点儿悠闲滋味。譬如，太平路花牌楼是最热闹地区了，但你经过那里，你也不会感到动乱，街两旁的法国梧桐和刺槐，零落的飘着秋叶儿，人行路上，有树阴而树阴不浓，我们披一件旧绸衫，穿一双软底鞋，顺着水泥路面遛达。在清亮而柔和的阳光下，街上虽有几个汽车跑来跑去，没有灰土，也没有多大声音，在街这边瞧见街那边的朋友，招招手就可以同行在一处，只有北平的王府井大街，成都的春熙路可相仿佛。上海的霞飞路也会给人一点秋意的，然而洋气太重。

我必须歌颂南京城北，它空旷而萧疏，生定了是合于秋意的。过了鼓楼中山北路，带着两行半黄半绿的树影划破了广大的平畴，两旁有三三五五的整齐房屋，有三三五五的竹林，有三三五五的野塘，也有不成片段的菜圃和草地。东面一列城墙，围抱了旧台城鸡鸣寺，簇拥着一丛树林，和一角鼓楼小影，偶然会有一声奇钟的响声，当空传来。钟山的高峰，远远在天脚下，俯瞰着这一片城池。在城里看到不多的山，这是江南少有的景致（重庆的山近了，又太多了，不知怎么着，没有诗意）。城墙是大美观玩意儿，而台城这一段墙，却在外看（后湖）也好，在里看也好，难道我有一点偏见吗？

三牌楼一带，当然是一般人最熟识的地方，而那附近就保存不少老南京意味。湖北路北段，一条小马路，在竹林里面穿过来，绕一个弯儿到丁家桥，俨然在郊外到了一个市镇。记不得是哪个方向，那里有家茶馆，门口三株大柳树，高入云霄，门临着一片敞地，半片竹林。我和她散步有点倦，就常在这里歇腿，泡一壶清茶（安徽毛尖），清坐一会，然后在附近切两角钱盐水鸭子，包五分钱椒盐花生米，向门口烧饼桶上买两三个朝排子烧饼，饱啖一顿才买一把桂花，在一段青草沿边的水泥马路上，顺了槐柳树影，踏着落叶回家。

顽萝幽古巷

我在南京时，住在城北。因为城北的疏旷，干燥，爽达，比较适于我的性情。虽然有些地方，过分的欧化（其实是上海化），为了是城市山林的环境，尚无大碍。我们有一部分朋友，却是爱城南住城南的。还记得有两次，慧剑兄在《朝副》上，发表过门东门西专刊，字里行间，憧憬着过去的旧街旧巷，大有诗意。因此，我也常为着这点诗意，特地去拜访城南朋友。还有两次，发了傻劲，请道地南京文人张苹庐兄导引，我游城南冷街两整天。我觉得不是雨淋泥滑，在秋高气爽之下，那些冷巷的确也能给予我们一种文艺性的欣赏。

我必须声明，这欣赏绝不是六代豪华遗迹，也不是六朝烟水气。它是荒落、冷静、萧疏、古老、冲淡、纤小、悠闲。许许多多，与物质文明巨浪吞蚀了的大半个南京，处处对照，对照得让人感到十分有趣。我们越过秦淮河，把那些王谢燕子所迷恋的桃叶渡乌衣巷，抛在顶后面（那里已是一团糟，词章里再不能用任何一个美丽的字样去形容了）。虽在青天白日之下，整条的巷子，会看不到十个以上的行人（这是绝对的），房子还保守了朱明的建筑制度，矮矮的砖墙，黑黑的瓦脊，一字门楼儿，半掩半开着，夹巷对峙。巷子里有些更矮更小的屋子，那或者是小油盐杂货店，或者是卖热水的老虎灶，那是这种地方，惟一动乱着而有功利性斗争的所在。但恰巧巷口上就有一所关着大门的古庙，淡红色的墙头，伸出不多枝叶的老树干，冲淡了这功利气氛。

这里的巷子，老是那么窄小，一辆黄包车，就塞满了三分之二的宽度，可是它又很长，在巷这头不会看到巷那头。大都是鹅卵石铺了地面，中间一条青石板行人路，便利着穿布鞋的中国人。更往南一路，人家是更见疏落，处处有倒坍了屋基的敞地，那里乱长着一片青草。可是它繁华过的，也许是明朝士大夫宅第，也许是太平天国的王府。在这废基后面，兀立着一棵古槐，上面有三五只鸦雀噪叫着，更显得这里有点兴亡意味。

有一次我去白鹭洲，走错了方向，踏上了向西门一条古巷。两旁只有四五个紧闭了的一字门，乱砖砌的墙，夹了这巷子微弯着。两面墙头上密密层层的盖住了苍绿叶子的藤蔓，在巷头上相接触。藤萝的杆子，其粗如臂，可知道它老而顽固。那藤蔓又不整齐，沿了墙长长短短向下垂着阻碍着行人衣帽，大概是这里很少行人的缘故，到墙脚下的青苔，向上铺展，直绿到墙半腰。有些墙下，长着整丛的野草，却与行人路上石板缝里的青草相连。这样，这巷子更显得着幽深了，这里虽没有一棵树，一枝花，及任何风景陪衬，但我在这里徘徊了二十分钟。

入雾嗟明主

在二十五年前，我每次到南京，朋友们就怂恿着去瞻仰明故宫，只是那时的行程，都是到上海或去北京，行旅匆匆，不过在下关勾留一二日，没有工夫，跑到这很远地方去。加之我听到人说，那里仅仅是一片废墟，什么也看不到，尽管我青年时代，是个平平仄仄迷惑了的中毒书生，穷和忙，哪许可我去替古人掉泪。

二十四年，我由北平迁家南京，住在唱经楼，到明故宫相当的近，加之那是中央医院所在地，自己害病，家里人生病，就时常去到明故宫的面前来。这真是一个名儿了，马蹄栏杆里，一片平地，直到远远的枣树角，有一城墙和树木挡住了视线。平地中央，还有一个倒坍了的宫门，像城门洞子，作了故宫的标志。水泥面的飞机场，机场是停着大号的邮航机，比翼双栖的和那一角宫门，作了一个划时代的对照。朱元璋登基，在南京大兴土木，建筑宫阙的时候，他决不会有这样一个梦。

明故宫的北端，是中山东路，往中山陵游览区，是必经之地，所以晴天，雨淋，月下，雪地，我都来过。印象是深的，应该是雨天，我那因抗战环境而夭折了的第二个男孩，小庆儿在中央医院治过伤寒病。我遏止不住我的舐犊深情，百忙中抽空上医院看他两次。是深秋了，满城下着如烟的重阳风雨，那时，我行头还多，穿着橡皮雨衣，缩着肩膀，两手插在雨衣袋里，脚下蹬着胶鞋，踏了中山东路的水泥路面，急步前行，路边梧桐叶上的积水，蚕豆般大，打在我帽子上，有时雨就带下一片落叶，向我扑打。明故宫那片敞地，埋在烟雨阵里，模糊不清。雨卷了烟头子，成了寒流，向我脸上吹，我有个感想，因为像是一个不吉之兆，赶快的奔医院。

看到了孩子，结果体温大减，神智很清。我很高兴离了医院，我有心领略雨景了。那片敞地，始终在雨阵里，那角宫门，有一个隐隐的长圆影，立在地平上，门洞上，原光有几棵小树，像村妇戴着菜花，蓬乱不成章法。然而这时好看了，它在风丝雨片里，它有点妩媚，衬着这宫门并不单调。远处一片小林，半环高城，那又是一个令人迷恋的风光。再看西南角南京的千门万户，是别一个区域了。明太祖皇帝，他没想到剩下这劫余的宫门，供我雨中赏鉴，人不谓是痴汉吗？身外之物，谁保持过了百年？费尽心血，过分的囤积干什么？就是我也有点痴。冒雨看孩子的病，不管我自已。于今孩子死了五年了，我哀怜他，而我还觉我痴。

当年雨中雄峙三层高楼的中央医院，不知现在如何？又是重阳风雨了！

盛会思良友

在南京当新闻记者的时候，我们二三十个朋友，另外成了一群，以年龄论，这一群人，由四十岁到十几岁，以职业论，由社长到校对，可说是既平等忘年又忘形的一个集合。这个集合，并没有哪个任联络员，也没有什么条例规定，更没有什么集会的场合与时间。可是这一群人，每日总有三四个或七八个，在一处不期而会，简直是金圣叹那话："毕来之日甚少，非甚风雨，而尽不来之日亦少。"（见《水浒》金伪托施耐庵作序）会面的地方，大概不外四五处，夫子庙歌场或酒家，党公巷汪剑荣家（照相馆主人，亦系摄影记者），城北湖北路医生叶古红家，新街口酒家，中正路南京人报或华报，中央商场绿香园。除了在酒家会面，多半是受着人家招待而外，其余都是互为宾主，谁高兴谁就掏钱，谁没钱也就不必虚谦，叨扰过之后，尽管扬长而去。反正谁掏得出钱谁掏不出钱，大家明白，毋须做样。

这种集合，都在业余，我们也并不冒犯"群居终日，言不及义”的嫌疑。若不受招待，那就人多了，闹酒是必然的举动，我在座，有时实在皱了眉感到不像话，常是把醉人抬出酒家，用黄包车拖了回去。可是这个醉人，明日如有集会场合，还照来一次。自然这就噱头很多，如黄社长在大三元向歌女发脾气，踢翻了席面（有大闹子楼的场面、非常火炽），巨头记者在皇后酒家，用英语代表南京记者演说之类，常思之十日，不能毕其味。

说到别的集会呢，或者是喝杯酽茶，吃几个烧饼，或者吃顿便饭，或者听一场大鼓书，或者来一段皮簧。自然，有人会邀着打一场麻将。但一打麻将，是另一种局面，至少像我这种人，就告退了。有时偶然也会风雅一点，如邀伴到后湖划船，在莫愁湖上联句作诗之类，只是这带酸味的玩意，年轻朋友，多半不来。这里面也免不了女性点缀，几个文理相当通的歌女，随着里面叫干爹叫老师，年轻的几位朋友，索性和歌女拜把子。哄得厉害！但我得声明一句，他们这关系完全建筑在纯洁的友谊上。有铁一般的反证，就是我们既无钱也无地位。

我们也有几个社外社员（因为他们并非记者），如易君左、卢冀野、潘伯鹰等约莫六七位朋友也喜欢加入我们这集会。大概以为我们这种玩法，虽属轻松，却不下流，所以我们流落在重庆的一部分朋友，谈到了往事，都感到盛会不常，盛筵难再，何以言之！因为这些朋友，有的死了，有的不知消息了，有的穷得难以生存了。

窥窗山是画

南京是个城市山林，所以袁子才有“爱住金陵为六朝”的句子。若说住金陵为的是六朝那种江南靡靡不振的风气，那我们自然是未敢苟同；但说此地龙盘虎踞之下，还依然秀丽可爱，却实在还不愧是世界上一个名都，就我所写的两都本身而言（这里不涉及政治问题），北平以人为胜，金陵以天然胜；北平以壮丽胜，金陵以纤秀胜，各有千秋。在北平楼居，打开窗子来，是一带远山，几行疏柳，这种现象，除了繁华市区中心，为他家楼门所阻碍（南京尤甚），其余地点，均无例外。我住在南京城北，城北是旷地较多的所在，虽然所居是上海弄堂式的洋楼，却喜我书房的两层楼窗之外，并无任何遮盖。近处有几口池塘，围着塘岸，都有极大的垂柳，把我所讨厌看到的那些江南旧式黑瓦屋脊，全掩饰了。杨柳头上便是东方的钟山，处处的在白云下面横拖了一道青影。紫金山那峰顶，是这一列青影的最高处，正伸了头向我窗子里窥探。我每当工作疲倦了，手里捧着一杯新的泡茶，靠着窗口站着，闲闲的远望，很可以轻松一阵，恢复精神的健康。

南京城里北一段，本是丘陵地带，东角由鸡鸣寺顺了玄武湖北上，经过太平门直到下关。西边又由挹江门南下，迤逦成了清凉山、小藏山。所以由新街口以北，是完全环抱在丘陵里的一块盆地。在中山北路来往的人，他们为了新建筑所迷惑，已不见这地形了。我有两个朋友住在新住宅区迤北，中山北路偏西，房子面对着清凉古道，北靠了清凉山的北麓，乃是建筑巨浪所未吞噬及未洋化的一角落，而又保留着六朝佳丽面目的。我去过几回，我欣慕他们，真能享受到南京的好处，只可惜它房子本身却也是欧化了而已。这里是个不高的土山，草木葱茏，须穿过木槿花作篱笆，鹅卵石地面的一条人行道。路外是小溪，是菜园，是竹林，随时可以听到鸟叫，最妙的，就是他们家三面开窗，两面对远山，一面靠近山。近山的竹树和藤萝，把他们屋子都映绿了。远山却是不分晴雨，都隐约在面前树林上。那主人夸耀着说："我屋子里不用挂山水画，而且是活的画，随时有云和月点缀了成别一种姿势。"这话实在也不假，我曾计划着苦卖三年的文字，在这里盖一所北平式的房屋，快活下半辈子，不想终于是一个梦。

在"八一三"后，南京已完全笼罩在战争气氛下，我还到这里来过一趟，由黄叶小树林子下穿出，走着那一条石缝里长出青草的人行长道，路边菜圃短篱上，扁豆花和牵牛花或白或红或蓝，幽静地开着。路头丛树下，有一所过路亭，附着一座小庙，红门板也静静地掩闭在树阴下，路上除了我和同伴，一直向前，卧着一条卵石路，并无行人，我正诧异着，感不到火药气。亭子里出来一个摩登少妇，手牵了一个小孩，凝望着树头上的远山（她自然是疏散到此的）。原来半小时前，敌机二十余架，正自那个方向袭来呢。一直到现在，我想到清凉古道上朋友之家，我就想到那个不调和的人和地。窗外的远山呀！你现在是谁家的画？

江冷楼前水

在南京城里住家的人，若是不出远门的话，很可能终年不到下关一次。虽然穿城而过，公共汽车不过半小时，但南京人对下关并不感到趣味。其实下关江边的风景，登楼远眺，四季都好。读过《古文观止》那篇《阅江楼记》的人，可以揣想一二。可惜当年建筑南京市的人，全在水泥路面，钢骨洋楼上着眼，没有一个人想到花很少一点钱，再建一座阅江楼。我有那傻劲，常是一个人坐公共汽车出城，走到江边去散步。就是这个岁暮天寒的日子，我也不例外。自然，我并不会老站在江岸上喝西北风。下关很有些安徽商人，我随便找着一两位，就拉了他们到江边茶楼上去喝茶，有两三家茶楼，还相当干净。冬日，临江的一排玻璃楼窗全都关闭了。找一副临窗的座头坐下，泡一壶毛尖，来一碗干丝，摆上两碟五香花生米，隔了窗子，看看东西两头水天一色，北方吹着浪，一个个的掀起白头的浪花，却也眼界空阔得很。你不必望正对面浦口的新建筑，上下游水天缥缈之下，一大片芦洲，芦洲后面，青隐隐的树林头上，有些江北远山的黑影。我们心头就不免想起苏东坡的词：“一江南北，消磨多少豪杰。”或者朱竹垞的词：“六代豪华春去了，只剩鱼竿。”

说到江，我最喜欢荒江。江不是湖海那样浩瀚无边，妙的是空阔之下，总有个两岸。当此冬日，水是浅了，处处露出赭色的芦洲。岸上的渔村，在那垂着千百条枯枝的老柳下，断断续续，支着竹篱茅舍。岸上三四只小渔舟，在风浪里摇撼着，高空撑出了鱼网，凄凉得真有点画意。自然，这渔村子里人的生活，让我过半日也有点受不了，他们哪里知道什么画意？可是，我这里并不谈改善渔村人民的生活，只好忍心丢下不说。在南京，出了挹江门，沿江上行，走过怡和洋行旧址不远，就可以看见这荒江景象。假使太阳很好，风又不大，顺了一截江堤走，在半小时内，在那枯柳树林下，你会忘了这是最繁荣都市的边缘。

坐在下关江边茶楼上，这荒寒景象是没有的。不过，这一条江水，浩浩荡荡的西来东去横在眼面前，看了之后，很可以启发人一点遐思。若是面前江上，舟楫有十分钟的停止，你可以看到那雪样白的江鸥，在水上三五成群地打胡旋，你心再定一点，也可再听到那风浪打着江岸石上，拍达拍达作响。我是不会喝酒，我若喝酒，觉得比在夫子庙看“秦淮黑”，是足浮一大白的。

清凉古道

有人这样估计：东亚的大都市，如上海、汉口、天津、北平、香港、广州、南京、东京、大阪、名古屋、神户，恐怕都要在这次太平洋战争里毁灭。这不是杞忧，趋势难免如此。这就让我们想到这多灾多难的南京，每遇二三百年就要遭回浩劫，真可慨叹。

我居住在南京的时候，常喜欢一个人跑到废墟变成菜园竹林的所在，探寻遗迹。最让人不胜徘徊的，要算是汉中门到仪凤门去的那条清凉古道。这条路经过清凉山下，长约十五华里，始终是静悄悄地躺在人迹稀疏、市尘不到的地方。路两旁有的是乱草遮盖的黄土小山，有的是零落的一丛小树林，还有一片菜园，夹了几丛竹林之间，有几户人家住着矮小得可怜的房舍。这些人家用乱砖堆砌着墙，不抹一点石灰和黄土，充分表现了一种残破的样子。薄薄的瓦盖着屋顶，手可以摸到屋檐。屋角上有一口没有圈的井，一棵没有枝叶的老树，挂了些枯藤，陪衬出极端的萧条景象，这就想不到是繁华的首都所在了。三牌楼附近，是较为繁华的一段，街道的后面。簇拥了二三十株大柳树，一条小小的溪水，将新的都市和废墟分开来。在清凉古道上，可以听到中山北路的车马奔驰声，想不到一望之遥，是那样热闹。同时，在中山北路坐着别克小座车的人，他也不会想到，菜圃树林那边，是一片荒凉世界。

是一个冬天，太阳黄黄的，没有风。我为花瓶子里的腊梅、天竹修整完了，曾向这清凉古道走去，鹅卵石铺着的人行古道，两边都是菜圃和浅水池塘，夹着路的是小树和短篱笆，十足的乡村风光。路上有三五个挑鲜菜的农民经过，有一阵菜香迎人。后面稍远，一个白胡老人，骑着一头灰色的小毛驴，得得而来，驴颈子上一串兜铃响着。他们过去了，又一切归于岑寂。向南行，到了一丛落了叶的小树林旁，在路边有两三户农家的矮矮的房屋，半掩了门。有个老太婆，坐在屋檐下晒太阳。我想，这是南京的奇迹呵！走过这户，是土山横断了去路，裂口上有个没顶的城门洞的遗址。山岩上有块石碑，大书三个楷书字："虎踞关"。石碑下有两棵高与人齐的小树，是这里惟一的点缀。我站在这里，真有点怔怔然了。

在明人的笔记上，常看到"虎踞关"这个名字，似乎是当年南都一个南北通衢的锁钥。可以料想当年到这里行人车马的拥挤，也可以遥思到两旁商店的繁华，于今却是被人遗忘的一个角落了。南京另一角落的景象，实在是不能估计的血和泪，而六朝金粉就往往把这血泪冲淡了。

回到开首那几句话，东亚大都市，有许多处要被毁灭，这次在抗战时期，南京遭受日寇的侵占与洗劫，也不知昔日繁华的南京，又有哪几条大街，变成清凉古道了。

冰雪北海

北平的雪，是冬季一种壮观景象。没有到过北方的南方人，不会想像到它的伟大。大概有两个月到三个月，整个北平城市，都笼罩在一片白光下。登高一望，觉得这是个银装玉琢的城市。自然，北方的雪，在北方任何一个城市，都是堆积不化的，没有什么可看的。只有北平这个地方，有高大的宫殿，有整齐的街巷，有伟大的城圈，有三海几片湖水，有公园、太庙、天坛几片柏林，有红色的宫墙，有五彩的牌坊，在积雪满眼，白日行天之时，对这些建筑，更觉得壮丽光辉。

要赏鉴令人动心的景致，莫如北海。湖面让厚冰冻结着，变成了一面数百亩的大圆镜。北岸的楼阁树林，全是玉洗的。尤其是五龙亭五座带桥的亭子，和小西天那一幢八角宫殿，更映现得玲珑剔透。若由北岸看南岸，更有趣。琼岛高拥，真是一座琼岛。山上的老柏树，被雪反映成了黑色。黑树林子里那些亭阁上面是白的，下面是阴黯的，活像是水墨画。北海塔涂上了银漆，有一丛丛的黑点绕着飞，是乌鸦在闹雪。岛下那半圆形的长栏，夹着那一个红漆栏杆、雕梁画栋的漪澜堂。又是素绢上画了一个古装美人，颜色是格外鲜明。

五龙亭中间一座亭子，四面装上玻璃窗户，雪光冰光反射进来，那种柔和悦目的光线，也是别处寻找不到的景观。亭子正中，茶社生好了熊熊红火的铁炉，这里并没有一点寒气。游客脱下了臃肿的大衣，摘下罩额的暖帽，身子先轻松了。靠玻璃窗下，要一碟羊糕，来二两白干，再吃几个这里的名产肉末夹烧饼。周身都暖和了，高兴渡海一游，也不必长途跋涉东岸那片老槐雪林，可以坐冰床。冰床是个无轮的平头车子，滑木代了车轮，撑冰床的人，拿了一根短竹竿，站在床后稍一撑，冰床嗤溜一声，向前飞奔了去。人坐在冰床上，风呼呼的由耳鬓吹过去。这玩艺比汽车还快，却又没有一点汽车的响声。这里也有更高兴的游人，却是踏着冰湖走了过去。我们若在稍远的地方，看看那滑冰的人，像在一张很大的白纸上，飞动了许多黑点，那活是电影上一个远镜头。

走过这整个北海，在琼岛前面，又有一弯湖冰。北国的青年，男女成群结队的，在冰面上溜冰。男子是单薄的西装，女子穿了细条儿的旗袍，各人肩上，搭了一条围脖，风飘飘的吹了多长，他们在冰上歪斜驰骋，作出各种姿势，忘了是在冰点以下的温度过活了。在北海公园门口，你可以看到穿戴整齐的摩登男女，各人肩上像搭梢马裢子似的，挂了一双有冰刀的皮鞋，这是上海香港摩登世界所没有的。

市声拾趣

我也走过不少的南北码头，所听到的小贩吆唤声，没有任何一地能赛过北平的。北平小贩的吆唤声，复杂而谐和，无论其是昼是夜，是寒是暑，都能给予听者一种深刻的印象。虽然这里面有部分是极简单的，如“羊头肉”，“肥卤鸡”之类。可是他们能在声调上，助字句之不足。至于字句多的，那一份优美，就举不胜举，有的简直是一首歌谣，例如夏天卖冰酪的，他在胡同的绿槐阴下，歇着红木漆的担子，手扶了扁担，吆唤着道：“冰淇林，雪花酪，桂花糖，搁的多，又甜又凉又解渴。”这就让人听着感到趣味了。又像秋冬卖大花生的，他喊着：“落花生，香来个脆啦，芝麻酱的味儿啦。”这就含有一种幽默感了。

也许是我们有点主观，我们在北平住久了的人，总觉得北平小贩的吆唤声，很能和环境适合，情调非常之美。如现在是冬天，我们就说冬季了，当早上的时候，黄黄的太阳，穿过院树落叶的枯条，晒在人家的粉墙上，胡同的犄角儿上，兀自堆着大大小小的残雪。这里很少行人，两三个小学生背着书包上学，于是有辆平头车子，推着一个木火桶，上面烤了大大小小二三十个白薯，歇在胡同中间。小贩穿了件老羊毛背心儿，腰上来了条板带，两手插在背心里，喷着两条如云的白气，站在车把里叫道：“噢……热啦……烤白薯啦……又甜又粉，栗子味。”当你早上在大门外一站，感到又冷又饿的时候，你就会因这种引诱，要买他几大枚白薯吃。

在北平住家稍久的人，都有这么一种感觉，卖硬面饽饽的人极为可怜，因为他总是在深夜里出来的。当那万籁俱寂、漫天风雪的时候，屋子外的寒气，像尖刀那般割人。这位小贩，却在胡同遥远的深处，发出那漫长的声音：“硬面……饽饽哟……”我们在暖温的屋子里，听了这声音，觉得既凄凉，又惨厉，像深夜钟声那样动人，你不能不对穷苦者给予一个充分的同情。

其实，市声的大部分，都是给人一种喜悦的，不然，它也就不能吸引人了。例如：炎夏日子，卖甜瓜的，他这样一串的吆唤着：“哦！吃啦甜来一个脆，又香又凉冰淇淋的味儿。吃啦，嫩藕似的苹果青脆甜瓜啦！”在碧槐高处一蝉吟的当儿，这吆唤是够刺激人的。因此，市声刺激，北平人是有着趣味的存在，小孩子就喜欢学，甚至借此凑出许多趣话。例如卖馄饨的，他吆喝着第一句是“馄饨开锅”。声音宏亮，极像大花脸唱倒板，于是他们就用纯土音编了一篇戏词来唱：“馄饨开锅……自己称面自己和，自己剁馅自己包，虾米香菜又白饶。吆唤了半天，一个子儿没卖着，没留神啰丢了我两把勺。”因此，也可以想到北平人对于小贩吆唤声的趣味之浓了。

蓉行杂感

北平情调（上）

不才随重庆新闻界参观团往成都，《上下古今谈》须停笔若干天，以代其缺。自然卖担担儿面的也不会作出鱼翅席，还是古今谈解数。

到过成都的人，都有这样一句话，成都是小北平。的确，匆匆在外表上一看，真是具体而微。但仔细观察一下，究竟有许多差别。凭我走马看洛阳之花的看法说，有一个统括的分析，那就是北平壮丽，成都是纤丽；北平是端重，成都是静穆；北平是潇洒，成都是飘逸。自然这类形容词，有些空洞，然而除了这空洞的形容，也难于用少数的字去判断。若一定要切实地说一句，应当说是成都之北平味是"貌似"而微，而不能说是具体而微。

虽然成都这个城市，决不同于黄河以南任何都市。就是六朝烟水的南京，历代屡遭劫火，除了地势伟大而外，一切对成都都有愧色，苏杭二州更是绝不同调。由江南来的人，看到了这个都市，自然觉得这是别一世界。就是由北方来的人，也会一望而知这不是江南，成都之处就在此。

北平情调（下）

看成都的旧街道，两层矮矮的店铺夹着土质的路面宽达三四丈，街旁不断的有绿树。走小巷，两旁的矮墙，簇拥出绿色的竹木，稀少的行人，在土路上走着，略有步伐声。一个小贩，当的一声敲了小锣过去，打破了深巷的寂寞，这都是绝好的北平味。可是真正的老北平，他会感到决不是刘邦的新丰。人家的粉墙上，少了壁画，门罩和梁架上，少了雕刻，窗栏未曾构成图案，一切建筑，是过于简单了。

看一个地方的情调，必须包括人民生活，自不定光看建筑，而旅客对于人民生活的体念又是一件难事。然则我们说成都之北平味，是貌似而微，不太武断吗？我说不，建筑也是人民生活之一部分，在这上面，可以反映到他的生活全貌。试看苏州人家的构造，纵有园林，也只有以小巧曲折见胜，你就可以知道苏州人之闲适，而不会是北平人之闲适。于是以成都之建筑，考察到北平风味，是不中不远矣。

驻防旗人之功

成都作为都城，在历史上，可以上溯到先秦。然而，它不能与西安、洛阳、开封、北平、南京比，因为它不过是一个诸侯之国，或僭号之国的都城而已。成为政治重心的时代，共有两次：一次是刘备在这里继承汉统，一是唐明皇避免安禄山之乱而幸蜀。但这在当时，为时太短，到如今又相距很久，留给成都的遗迹，那恐怕是已属难找。自赵宋灭孟氏之后，只有张献忠在这里大翻花样。然而，那并不是建设，是彻底的破坏。所以，我们看成都之构成今日的形式，应该是最近三百年来的储蓄，谈谈太远，那是不相干的。

满清一代，成都是西南政治军事文化据点之一，尤其是那班驻防旗人，他们扶老携幼，由北京南来，占了成都半个城，大大的给成都变了风气。他们本站在领导的地位，将北京的缙绅生活带到这里，自然会给人民一种羡慕荣华的引诱。在专制时代，原有“宫中好高髻，城中高一尺”的倾向，成都人民在旗人的统治与引诱之下也不会例外，由清初到辛亥这样继续的仿效共一百年。然则这里的空气，有些北平味，那是不足为怪的。

桐花凤

自我们念过王渔洋的词："郎是桐花，妾是桐花凤。"我们就联想到桐花凤是怎样一种鸟？这回在灌县离堆的李冰祠面前，我们有个机会仔细地看到了。鸟贩子将竹丝笼子，各关着两头或三头，送到游客前面来兜售。这小小的动物，它比燕子或麻雀，还小到一半，嘴长而弯，像钓鱼钩，紫色头，大红脖子，胸脯黄，与颈毛交错，翅领深灰色，中间夹着淡黄，尾长二寸余，约为身体之两倍，翡翠色。总而言之，美极了。就为了它太美，捕鸟者，就把它关在笼子里了。

它是怎样被捕的呢？这里有无数的桐花树，高达六七丈，淡紫色的桐花，大如酒杯，作喇叭形成球样的开在枝上。大概是花蕊里有蜜，桐花凤与蝴蝶一样，在树枝上飞来飞去，时时钻进花里吃蜜。捕鸟人利用它这个弱点，将长竹竿接上两三根，顶上涂以胶着物，再抹些香蜜，它就被粘着了。据说，这鸟被关在笼里，顶多一个月就死，甚者只可过两三天。在这小鸟不住将头伸出这竹丝笼子里来，便知它是如何焦燥了。“妾是桐花凤”，的确不错！有美丽的羽毛，又想吃蜜者，可以鉴诸！

武侯祠夺了昭烈庙

到成都的人，都会想起了这两句诗："丞相祠堂何处寻？锦官城外柏森森。"但据此间考据家的观察，现在的武侯祠，实在是昭烈庙，原来的武侯祠，已经毁灭，不过，后殿有诸葛亮父子的塑像而已，这话我承认。因为我游普通人所谓"武侯祠"，看到那大门上明明写着昭祠的匾额了。那末，为什么臣夺君席呢？那就为了"诸葛大名垂宇宙"之故。

这庙的前殿，两廊有蜀国文武臣配享，殿左右也有关张的塑像，正殿左手还有个神龛，供着那个哭祖庙而自杀的刘谌。殿右角却空着，似乎是抱不起的刘阿斗，在这里占一席，而为后人驱逐了。

关于以上两点，我发生着很大的感慨，觉得公道存在天地间。凭一时代的权威供着长生禄位牌，终于是会与草木同腐的。王建在这里作过皇帝，他的陵墓当然是好，可是就成了庄田一千年。而现在发掘出来，人家都以为是奇迹了！

夜市一瞥

无意中在西城遇到一回夜市，在一条马路的人行道上，铺了许多地摊，夹街对峙。那菜油灯光的微光，照着地摊上一些新旧杂货与书本，又恍然是北平情调。这虽然万万赶不上北平夜市的热闹，我跑了许多城市，还不见第三处有这作风，恐怕这又是驻防旗人所带来的玩艺了。

夜市中最让我惊异的，就是发现有十分之三的地摊，都专卖旧式婴儿帽箍，这种帽箍，是用零碎绸片剪贴，或加以绣花，有狮子头，莲花瓣等类。不说我们的孩子，就是我的兄弟辈，也没有戴过这种帽儿，它早被时代淘汰了。今日今时，在这些地摊上，竟是每处都有千百顶，锦绣成堆，怪乎不怪？于是我料想到这是到农村去的东西，并推想到川西坝子上，农人的如何富有，又如何不改保守性。而成都的手工业，积蓄很厚，也不难于此窥见一斑。这些作帽箍的女工若能利用起来，是不难让他们作些更适用的东西吧？欧洲在闹着人力荒，我们之浪费人力，却随处皆是。

茶馆

北平任何一个十字街口，必有一家油盐杂货铺（兼菜摊），一家粮食店，一家煤店。而在成都不是这样，是一家很大的茶馆，代替了一切。我们可知蓉城人士之上茶馆，其需要有胜于油盐小菜与米和煤者。

茶馆是可与古董齐看的铺，不怎么样的高的屋檐，不怎么白的夹壁，不怎么粗的柱子，若是晚间，更加上不怎么亮的灯火（电灯与油灯同），矮矮的黑木桌子（不是漆的），大大的黄旧竹椅，一切布置的情调是那样的古老。在坐惯了摩登咖啡馆的人，或者会望望然后去之。可是，我们就自绝早到晚间都看到这里椅子上坐着有人，各人面前放一盖碗茶，陶然自得，毫无倦意。有时，茶馆里坐得席无余地，好像一个很大的盛会。其实，各人也不过是对着那一盖碗茶而已。

有少数茶馆里，也添有说书或弹唱之类的杂技，但那是因有茶馆而生的，并不是因演杂技而产生茶馆。由于并不奏技，茶座上依然满坐着茶客可以证明。在这里，我对于成都市上之时间充裕，我极端的敬佩与欣慕。苏州茶馆也多，似乎仍有小巫大巫之别。而况苏州人还要加上一个吃点心，与五香豆糖果之类，其情况就不同了。一寸光阴一寸金，有时也许会作个例外。

厕所与井

据农业专家说，人粪是中国一项最大的收获，全国粪量，每年至少五千万万斤，若按每百斤粪值法币一元计算，也共值五十万万元，而事实上却数倍不止。粪里含有重要的肥田物质氮、磷酸与加里，是农家的宝物。成都一部分置产者，也许看透了这一点，所以除了家中大概有一个积粪的毛坑外，每条街或街巷口上，都有一个公厕，以资收获。这在经济上说，是无可非议的，而于公共卫生上，及市容上说，却是这花鸟之国的盛德之累。小学生也知道，苍蝇可以传染许多疾病，而毛坑却是生产苍蝇的大本营。公厕太多，又没消毒和杀蝇的设备，这是一个可注意的事吧？

其次，我们就联想到井。成都是盆地，到处可以掘井，除了公井外，成都许多人家都有私井，这井并与毛坑相隔很近（某外国名字的大旅馆的井与毛坑就相距不过三丈），毛坑里的粪水渗透入地，似乎跟着潜水，有流入井中的可能。这样，热天就极易传染痢疾。我想成都市当局，决不会不考虑及此，何以至今还没有加以改良呢?

下次再来成都，我将在厕所与井上，以考察市政进步之程度。

安乐宫

记不起是在哪条街上，经过一座庙，前面像庙门敞着，像个旧式商场，后面还有红漆栏杆，围绕了一座大殿。据朋友说，那里供着由昭烈祠驱逐出的安乐公刘阿斗，这庙叫安乐宫，前面是囤积居奇的交易所。这太妙了，阿斗的前面也不会有爱国家爱民族的人，他们是应该混合今古在一处的。朋友又说戏台上有一块匾，用着刘禅对司马炎的话，“此间乐，不思蜀矣”那个典故，题为《此间乐》，我想此匾，切人切事，很好，可是切不得地。请想，把引号里的话，出之囤积商人之口，岂不危乎殆哉？

蜀除帝喾之子封侯，公孙述称蜀王，李雄称成都王外，还有三大割据皇帝：刘备、王建、孟知祥，而都不过二传，他们的儿子，刘禅荒淫庸懦自不必说，王衍虽能文而不庸，可是荒淫无耻了，孟昶更是奢侈专家，七宝便壶，名扬千古。因之他们也就同走了一条路，敌人来了就投降。

于是，我们下个结论：“川地易引不安分之徒来割据，割据之后，就以国防安全感而自满。自满之后，就是不抵抗之灭亡了。”此间乐，其然乎？岂其然乎？

王建玉策

在博物馆里，我们看见由王建墓里挖掘出来的许多东西，而尤其使我发生着感慨的是一排玉策。每条策上的楷书，还算清楚。他儿子“前蜀后主”王衍，一般的以正统自居，开宗明义，大书“大行皇帝”云云。我们可以想到历史上割据四川的人物，向来是无法无天的了。

在这里，我们不妨谈谈王建之为人。五代史前蜀世家记着，他是舞阳人，字光图，年轻时，以屠牛盗驴贩卖私盐为生，后从军，为队将，黄巢造反长安，他就转进入川，作了四川节度使，唐室不得已而封他为蜀王。唐亡，他就称帝，这个人是彻头彻尾一个不安分之徒，生之时，他享尽荣华，死之后，还有一番大排场，与其说是他八字好，毋宁说是四川地势便宜了他。设若唐代有一条大路通成都，王建恐怕作不了二十八年皇帝。所以据我们书生之见，治蜀还是以交通第一。

川戏《帝王珠》

生平最怕读《元史》，君臣许多铁木儿（或贴木耳、帖睦耳，其音一也），皇后总是弘吉剌。且兄弟叔伯，出入帝位，像走马灯一样，实在记不清。在川戏台上，遇到一出《帝王珠》，被考倒了，一直到现在，无法知故事的出处。

戏的故事是这样：皇帝率两弟还都，杀文武臣四人，太后原与文人私通，出面干涉，帝当后前杀一人，太后刺激过甚就疯了，皇帝因太后淫荡之态太过，不能堪，就让他的卫将，把太后当场刺死。我们查遍《元史》，并无此事。而懂川戏的人说，那个年轻皇帝是铁木耳，当是元成祖，但成祖并没有杀过太后，而且他的太后弘吉剌，有贤名。只有一点可附会，就是铁木耳死，丞相阿忽台谋奉皇后伯岳吉临朝垂帘听政。铁木侄“爱育黎拔力八达”（仁宗）与海山（武宗）入朝，杀丞相，并废杀皇后。但这分明不是太后，且与铁木耳无关，和剧情又不同了。

但就戏论，萧克琴扮演老年妇人的性心理变态，极好。相信此戏剧创作者，必有所讽刺。若不出五十年，那就应该是刺西太后的了。清末，汉人多用金元故事以讥讽满廷，这或者是一例子。

手工艺

物产展览会的手工艺品，真是琳琅满目，美不胜收。这何用说，是好好好！

然而，我有另一个感想，觉得往年的四川保路会，实在给予四川一个莫大的损害。假使川汉铁路成在十年之前，把西洋的机器运入成都平原，以成都工人这一双巧手，这一具灵敏的脑筋，任你飞机上的机件如何复杂，我想，他们决不会是目无全牛的。

走过昌福馆，看到细致的银器；走过九龙巷，看到美丽的丝绣；同时发现那些工人，并不是我们所理想的纤纤玉手的女工，而是蓬头发，黄面孔，穿了破蓝布褂的壮汉。让我想到川西人是相当的“内秀”，不能教他造飞机零件，而让他织被面，实在可惜之至！

虽然经过某街，看到印书匠还在雕刻木版，舍活字版而不用，又感到好玩，手工艺，是成都一个特殊作风。

杨贵妃惜不入蜀

遍成都找不出唐明皇留下的一点遗迹，于是后人疑到天迴镇便回去了（可能此镇取名于李白诗："广迴玉垒作长安"）。天迴镇到成都十四华里，唐明皇至此，岂有不入城之理？事实上，明皇从天宝十五年入蜀，七月至成都。作太上皇之后一年，肃宗至德二年十一月离开成都，在蓉已有一年多了。然而在成都城里，实在不能揣测唐明皇行都之所在。

我这样想：假使杨玉环跟着李三郎入蜀，那情形就当两样，至今定有许多遗迹被人凭吊。试看薛涛，不过是个名妓，还有着一个望江楼，开下好几个茶社。枇杷门巷的口上（尽管是附会）还有一个亭榭拓着薛姑娘的石刻像出卖呢！以杨氏姊妹之名花倾国，正适合成都人士风雅口味，其必有所点缀，自不待言了。

孟知祥之不如孟昶有名，就因为他没有花蕊夫人。在这些地方，你就不能不歌颂女人伟大了。明皇无宫，薛涛有井，此成都之所以为成都也。则其在今日无火药味，何怪焉。

由李冰想到大禹

李冰是四川人最崇拜的一个人，其功虽大，有时也许过神其说。若以治水而论，我想一切不必是李氏的发明，一部分当是承袭古法，这我有个证据。《华阳国志》记望帝之事说：“其人开明，决玉垒以除水害。”玉垒便是离堆的主峰，李冰凿离堆以成内江，岂不是先有了开明为之在前吗？又李氏治水，有“遇弯截角，逢正抽心”八字诀。我们看了大禹治水，也不外乎此。黄河由北而南，阻于龙门，禹凿龙门以通河，这又是凿离堆以前的方法了。

大禹这个人，我们自不必认他是“一条虫”，那太离奇了；但亦不必断定硬有这个人。可是上古的水患，各诸侯之国曾自为治理，而又经过一个人更系统的修一下，或者去事实不远。假如这个假定可以成立，这个人就是大禹了（虽然他不一定叫大禹）。既然有人在李冰之先，大治过水，那么，李冰有所取法乎前人，那也是必然之事。

此外，我们又有所引申，李冰治成都之水，父启子继，费了许多时候。禹治全国之水，却只九年，应当是不可能。所以《禹贡》一篇，我们可以用孟轲之言："尽信书则不如无书。"

西游小记

潼关的风景

潼关这地方说是襟山带河，其实那时是焦黄的土山，有些地方，开了层层叠上去的块田，便是西北特殊的景致，自潼关以东，便没有了。潼关城西角，有山叫麒麟山，顺着四周，层层向上，开了田一千多亩，这也可见这里的土山，不是东南山谷那种形式了。这山上明朝筑有山河一览楼，现在倒坍了。但是这里还留有一个钟亭，亭里有钟一口，是金代大定二十九年，河东北路姓杨的人铸的。明朝万历年间，黄河大水，把这钟涌到了潼关，本地人以为水能涌了铁走，这是奇事，叫这钟做神钟，盖一个亭子，把它悬起来。这钟打一下三省可以听到，这倒不是神话，因为潼关在三省的交叉点上，自然钟响三省可听了。这里最好的风景，要算在北门城上看风凌渡。看官在地图上可以看到，黄河自绥远由北而南，到了潼关西方，忽然一个大转弯。这转弯的北岸，就是风凌渡，归山西永济县的地界。对岸相望，看到几户人家，一些船只，夹在那狂流浩浩，黄沙白日的当中，这和在江南看江景又不同。江景是白浪翻腾之中，烟草迷离，云树苍茫。这里呢，一片黄水，两头是天，天也是雾气腾腾的，带点一黄色。若是有船过河呢，那船既宽且短，上面车马拥挤，在黄河沙泥里，弯弯曲曲，慢慢过去。若是加上一轮西落的太阳，仿佛人转生太古时代去了。以我在各处看黄河而论，我觉得这里第一。风凌二字，有人写作风陵，说是女娲氏的坟，因为女娲姓风也。这当然是靠不住的一个典故，因为女娲这个人，到底是有没有，就大有问题呢。关于这一类的荒唐故事，变成的名胜，还有一处，就是这里东街上的一株古槐。三国演义上有一段趣史，说曹操在潼关遇到马超，马超一枪刺去，刺在槐树上。马超问："曹操何在？"曹操说："曹操在前面。"等马超由槐树上拔出枪尖来，曹操可就去远了。这一株替曹操受刺的槐树，就是现在这一棵。树已然不长在街上了，树下地基，被人家占据了。左边是家广货铺，右方是家生药铺，树干嵌在墙壁里，树头由屋顶上伸出来。树虽不是汉朝的，大概至少是宋元的，因为在那墙壁上暴露出来的一部分，不到半圆，已经一人不能伸手比齐了。树顶大部分枯了，另外有些青枝。当我参观这树，和它拍照的时候，有一只大鹰，站在上面，点缀得苍老入画。看官到潼关，要访问这株树，必得记住，在当地警备司令部对门生药铺里，不然，是无从查考的。此外，出潼关有个第一关，也可以去看看。在土山中间，破出一条道，两面土坡削立，很是险要。由这里弯曲两转，直到面前，有个鼓楼式的关门，门向西面大书金陡关三字额，向东一面，又写作第一关了。关外二十多步路，立有一块碑，上刻五个大字，秦豫交界处。

由玉泉院到青稞坪

现在该说游山了。出玉泉院不到半里路，就进了谷口，这里上山的路，就是顺了两山夹峰里的山沟，弯弯曲曲的往上走。先到的张超谷，说是南汉的张超住在这里，现在全是乱石。过去不多路，石壁上刻了三个大字，王猛台。说是当年王猛在华阴屯，在这里筑台点将的。由这里去，山路开始险起来，轿子常是在极窄的山崖路上走，上起山来，人几乎可以睡在椅子上。因为路总是离不开山涧的，在山涧里看到有一块大石，其大如屋，略像一条大头鱼，是光绪十六月六日，山水冲下来的。后之好事者，在石头上凿了石鱼两个大字。石鱼过去，是第一关，轿子穿过一个石门，上前不多路，便是三圣宫。由谷口到这里，只是五里，轿夫要歇一歇的了。华山上的小道观，多半没有正式的大门，路边就是大殿。轿子歇下来，老道就请你坐下喝茶，摆出那列入古董之列的果盒来，果盒里大概总是胡桃花生干红枣这一类东西。有的放些不大卫生、年岁很老的糕饼，当然以不吃为妙。走路口易渴，茶虽不好，也要喝。喝好了动身，我们不给钱，对老道说：下山再给。老道连说不要紧，请便，这并不是老道特别大方，就因为华山上下是一条路，游客下山，非回到原路不可，所以他落得大方。我们为了这个，也就免得来回给两次钱，这是游客必知的一件事。三圣宫之后，路慢慢的高了，也就走到了石壁中间。迎面石壁上，露出了一个崖，崖里有个长的缺口子，长约十几丈，是希夷峡，土人叫老君试凿。说是老君磨好了凿子要开华山，先在这里试一凿子，一凿子下去，就凿下这一二十丈长，七八尺阔，这么一条缝来。陈希夷死后，原来葬在峡下，从前有石坡子垂了铁链可以上去看看，老道就指着他们老祖的尸骨化钱。明嘉靖年间，有姚一元这个人，用石匣子把它埋在玉泉院。前清手上，石匣被水洗刷出来了，陕西抚台，依然把它送到峡上去，而且把铁链子断了。加上山洪几次大发，把路冲了，于是这希夷峡就只能望不能去。过去，是莎萝坪，已走十里，轿夫二次歇肩。进了谷口以来，就在山缝子里钻，或走在涧东，或在涧西。到了这里，山谷忽然宽阔起来。据前清名士抚台毕秋帆的笔记，说这里有莎萝树一块，绿阴占两亩地，还有很清的泉水，现在都没有了。在这里，有个坐西朝东的道院，门口挂着莎萝坪的庙额。坪这个字，就是说平坦地方的意思。所以有坪字的地方，便是上山一个休息处所。道院这里也可以打尖寄宿，不过是上不上不下的地方，打尖寄宿，都不合宜。在莎萝坪下面，是一条宽山涧，对岸山壁上，是大小上方。大上方在山顶上，看得不大清楚。小上方在石壁中间，离地有四五十丈的所在，就山石凹凸的部分，盖了几间屋子。在屋门口坠下一条铁链约七八丈，由铁链子下端达到石壁凿的石级上，若是我们估量看，大概都不能爬，可是有人说，那里住了一位八九十岁的老道，一天不知上下几十次呢。由这里去，要经过白鹿龛白蛇出洞十八盘各名胜。白蛇出洞在几十丈高的石壁缝里伸出一个石蛇头来，远望非常的像；我那工友小李看到，失声大叫长虫，长虫，他倒以为是真的呢！

再到毛女洞休息。这里，不过一个小道院在路边上，没有什么奇怪。可是由这院后，在丛草坡上，斜斜的上去；高到白云深处，那是毛女峰。相传秦始皇死后，在提去殉葬的宫女里面，有个宫女，不忍受这活埋的痛苦，由骊山跑了出来，躲在这山上，吃树叶喝泉水，遍体长了绿毛，在唐朝还有人看见，所以叫毛女峰。峰上有毛女洞，原来有石级有铁链子人可以爬了去，现在石级坏了，铁链子也断了，没有人敢去了。轿子由这里再进一站，就是青稞坪。这里，是在两山合缝，一个山鼻子的下面。上下有两个道院，一个叫西道院，一个叫北道院。在北道院门口，向下望来的路，直伸进山底缝里去，小得成一条沟。抬头望后面的小峰，一个套一个，直像插进天云云里去。紧靠着道院是后面一个小山锥，就是画家画山水的那个山鼻子，在那山鼻子上，长了许多青苍的老树，一峰直上，很有画意，只是用摄影机不好照，图上两棵树后的山影那就是的了。我们的轿子，歇在西道院门外，我们照例受这院里老道的招待，喝茶擦脸，轿夫到了这里，他还不住的兜生意，说是上面过了若干里，还能抬。这话切不可信，带轿子上去，那是白花钱的。我们打发了轿夫，单留下三个背夫，代扛干粮水果之类。背夫所以比轿夫价廉，就因为吃喝住宿，都是我们的。过了这里，上山非手脚并用不可，决没有余力可以再拿东西。甚至乎身上衣服脱下来，还得人代背着，所以这背夫一项开销，又是千万少不得的了。

北峰之夜

游华山的人，第一晚上，总是住在北峰的，这北峰的饮食起居，当然有描写之必要。在我们将行囊安顿以后，又来一个老道，胡子长些，身上穿的那件蓝布道袍，也整齐些，似乎是个当家的。向我们同行的人，一一都道过了辛苦，这就吩咐小道士们打水洗脸。于是有个穿短装的老道，头上戴着一块瓦式的道巾，打热水洗脸。盆倒是瓷铁的，只是毛手巾黑一点，也给我们一小块肥皂。两个屋子里，送有两壶茶，自然是茶末子泡的，我带有茶叶，请他另泡了。同行的那几位上海朋友，他们是小开一流，带的吃物很多，已开始吃糖果冲牛乳喝。屋里昏黑了，中间点了一只蜡，两屋却是煤油灯。我踏着楼板，看了石块墙上，映着这烛光，又是古装的老道，穿来穿去，我这份儿感想，只觉得特别，可没有用笔写出来。休息一会，短装老道，就请我们去吃晚饭。在正殿边，有个较大的山楼，里面已有两桌游人吃饭了。我们单吃一桌，菜是两碗萝卜片儿，两碗豆渣似的豆干片，两碗酸菜，一碗金针炒粉条，一碗萝卜片儿汤，每人一大碗黄米饭却共用两盘子黑馍。我想这四位小开，怎样下箸？然而他们也是早就预备好了，拿了三只罐头来，乃是栗子烧鸡，红烧牛肉，不必说吃，只把眼睛瞧瞧，先就咽下一口唾沫下去了。老道所做的菜，不但是不能充分的搁油，便是盐也有点舍不得多放。所以我愿把这菜单子开出来，提醒以后的游人们必得带罐头。好在我也当过不少日子的穷小子，吃饭不论粗细，倒吃了一碗半饭，找补一碗小米稀饭。饭后各自回房，便倒上炕去。这炕是木板上，铺着一条薄薄的蓝布褥子，还有一条红布盖被，虽是也薄一点，却幸不十分脏，只是这枕头是木头作的，实在不受用，只好将衣包袱拿来一用。这时，墙外面呼呼作响，有了大风，本来山峰这样高，便是没风，我想空中也不能太平无事。当那窗板格格作响的时候，我想着，若不是这屋子罩着，在这几千尺高，两丈阔的地方站着，那怎样得了？假似风大，把这屋子吹倒了，又怎么办？我幻想着，有点害怕了，于是下了炕，推开木板，伸头向外看去。当前便是插天高的一座山影，下半黑沉沉的。平常看山，不怎样怕人，这可有些让人不大安神了。在山影子左右，配上几点星晃，我觉得我在天上了。将窗户关着，再上床睡，便又是一种感想。在这里，我得倒补一笔就是洗脸之后，都洗过了脚，因为脚上出的汗，和细沙混成一片，脚上又凉又不平。这时躺在炕上，脚不凉了，可是由胯骨以下，有形容不出的一种酸痛，伸了腿不舒服，缩了腿更酸。盖的被既暖和了，华山上的小动物，骚字右边那吃人的东西，开始动员了，始而只在边疆上，如两腿两臂上，小小侵略，我虽派了五个指头去围剿，它们化整为零，四处狂窜，后来直入胸腹，我十个指头疲于奔命了。没法，索性不管，睡了再说。可是，云台峰的真武宫内，道爷们又作晚课了。锣鼓钹，大铃，一齐发声。我敢断言，这声音在北峰前后十里之内，在这样夜静，谁都听得见。我这卧室，离宫只有一个天井，能不有所闻吗？不知道是我疲乏极了呢？还是那吃人的小动物，被法器惊散了呢？还是道爷这晚课的功用，等于陈玉梅的催眠曲呢？我终于是失了一切知觉。

南天门与念念喘

东峰下来，向对过走去，石壁歪曲着，长草塞了路，始而好像是很荒凉。朝南望，有一幢正在重修的道观。面前有所石坊，上面大书三个字南天门，奇观又在这里了。由这里的玉女宫进去，便是神妙台，乃是个平面的石峰，约莫有两丈见方。这石峰下面，云雾缭绕，略微看到一些深青色的影子，那是山谷，或者是丛林，都不好分辨，文言文里，有下临无地四个字的成语，若是借到这里来用，却也千真万确。加之这个小小的峰顶，又是在一排山峰突出来的一小尖角，只觉那半空里的风，呼呼的向着身上吹来。我经过了华山这些个险地，总也算是有些经验的了，可是我只敢在石峰的中间站着，稍微前进一点，不但是我心房里有些呼吸不灵，感到空虚，便是我这两腿，也不懂什么缘故，只管瘫软下来。这台叫着神妙，真个有些神妙了。台的左边，便是东峰的峰脚，右边呢，是南峰的后背。这南峰之背，由天上直插到深崖下去，其陡险也不待言。那山背和这神妙台，却隔了一条山沟，不知古来是什么好事的人，却由这里架了一道双板木桥，渡了过去。木桥底下，那是不能看的，看了只有发晕。然而这还不算，渡桥过去，就到了念念喘了。写到这里，得先解释这个名字，据本地人说，念念喘，是陕西土话，害怕的意思。我想，念念，大概是说一呼一息之中的念头，喘呢，就是喘气了。解释了这个名词之后，这便可以写这里的形状。它是在像城墙似的陡壁中间，横插了若干根铁梁，每根梁的距离，总有四五尺远，在铁梁上面，架着一块其宽不到一尺的木板。木板里面，石壁上也凿有一条路，这一条路三个字，不是信笔写的真正是一条。最宽不过一尺，窄处只有三四寸，和那木板共并起来，不能过二尺。木板底下，自然是空的，空到看不了下面有什么。外面虽也有栏杆，那栏杆的直柱，也是相距四五尺一根，也决不能遮拦什么。石壁上原有铁链，可是在半中间又断了。在这个地方，看上面的石崖，抬头应该掉下帽子，看下面的深壑，只有黑影，人扶了那城墙似的石壁，踏了这架空万丈，其宽二尺，闪闪要断的板桥，这是一种什么境味？当时我看到，固然捏一把汗，事过半年，现在我提笔写到，还是在悠然神往之下，两脚发酸呢。念念喘，的确是念念喘。这念念喘的木桥栈道，约有四五十步，尽头是朝元洞。因为我们不敢走那木桥，洞里是什么情形，不得而知，当时有和我同行的背夫一人，自告奋勇，扶着石壁去了。我们看见他钻进石壁一个洞里去，却在这洞下三四丈低的石壁里冒了出来。那里有石桩，叫好汉桩，他拍了那桩几下，表示他是好汉了。他回来说，洞里有石桌石香炉，供得有三清像，下面那个洞，是由上面这个洞坠下去的。何以在那地方，会有这两个洞，若说是人工做出来的，这人工可就不小了。最可怪的是在这朝元洞上面，石壁之上，凿有全真崖三个大字。那个地方，便是会扒壁的猴子，也没地方可容手脚，更不用说凿字，古来又没有飞机，这凿壁刻字的人，是怎样的去动工的呢？再推想到这面前的栈道，最先要安排的是那几根横的铁梁，人如是不能飞的话，在什么地方走过去，又在什么地方立脚，把这铁梁插进石壁去？当然，我们不能相信老道们那些骗人的神话，料着当年布置这处险景，总有个巧妙的施工法。若是我们的祖先，肯实实在在的，把这架高空万丈的栈道工程写下来告诉我们，这是一件很有价值的事。于此也可以看到我先民伟大的精神，并不让现代西人的种种探险。然而我们的祖先，费了绝大的力量，自己不要功劳，把这笔帐情愿写在神仙名下，埋没了我们先民的伟大不要紧，还要坚固后人的迷信心，这是一件可惜的事。

南峰

华山五峰，南峰为高，这是人人知道的。南峰又有五个小峰头，名字是松桧，落雁，贺老石室，宝旭，老君丹炉。我们所到的神妙台，就是贺老石室上面。由这里向西，第一步到了松桧峰的金天宫。因为这峰最高，所以华山主庙也在这里。庙是坐南朝北，里面居然有比较宽大的院落。两旁配殿，走马通楼，楼通正殿。正殿上供着白帝的偶像，有一副对联是：万古真源高白帝，三峰元气压黄河。虽不脱道士臭味，却很雄壮。我们进得宫来，在东边配殿里休息，一个满脸烟容的老道，拦着他的卧室门坐着，门上有一副纸写小联，乃是：君子休跨入门内，高人请坐在堂中。那屋门内，却是一阵阵的鸦片气味，向外直通将来。不多一会，我们那三个背夫，都笑容满面的出来。华山有个最不好的现象，就是无论在什么地方，都有鸦片烟可吸。游人雇用的夫子，他总比你先跑一截路，为的是先找一个抽烟的所在。当你行到中途，想在行囊里，要点什么，背伕早背着走了。雇夫子的时候，必得仔细看看，是不是瘾士之流，不然，在路上会很生气的。我当时笑对老道说：这门联得改一下，改成若到屋内来，非瘾士即君子。只在堂中坐，这游客岂高人？再送一只横额，卧餐烟霞。这不也是道家语吗？老道似乎有点论语派的幽默，向我作了个会心的微笑。言归正传。南峰是华山的主峰，东西二峰，拱立左右，在本身看不出所以然，将四周的环境一看，便见得这里是非常的伟大。只是松桧峰本身，树木很多，不易眺望，因之我们出门，上西边的落雁峰。

渭南的一瞥

由潼关到西安，共须经过华阴，华县，渭南，临潼四县。这一截路，原来叫东大道，西北人都认为风景似江南。于今筑了公路，就叫潼西段了。当我到西安去的时候，虽然陇海路快修到潼南，可是向西去的人，还是坐长途汽车的多。汽车有官家的，有商办的，定价是五块多钱一张票，还只能带五十斤行李。每遇搭客多的时候，拥挤的情形，是不可以言语形容。好在陇海路现已通到西安，看了这游记的人，再到西安去，可以很安适地睡在火车卧铺上达到西安，对于那种坐汽车的生活，无须描写贡献了。我是蒙经济委员会一位卢工程师，将他驾来的坐车，带我走的。据说，那汽车是宋子文先生留在西安的，其舒服也就不言而喻了。由潼关经过华阴是绕城而走，华县也不进城。在这一段上，向北看去，遥遥的可以看到渭河，向南便是华山，高低不齐的峰头，拖着向西南而去。偶然遇到成群的白杨树，也结成很丛密的林子。这里有两县，是列在第二期禁烟区，所以那时还有罂粟花长着。在日光底下，看那白色的花，一片雪光，紫或红的花，灿烂夺目，这就是像江南之处，假使这花不是害人之物，也很可赏玩的。汽车走一百四十里，到了渭南县，公路穿城而过。据陕西人说，这是东大道的一大县，街市虽不及潼关那样繁华，乡下人来往街上的，却是很拥挤。在县城的西头，设有汽车站，站里附有茶饭馆子，无论东来西去的客人，都在这里打尖。我们所打尖的那家饭店，四周的黄土壁子，空气不通，进去就觉闷人。光是那黑板桌上的油泥，便有好几分厚，初来西方的人，真是其何以堪？好在这又是后来人所不须经过的，也不必说了。

华清池洗澡

到陕西去的人，经过东大道，有两处地方，总是要去看看的，其一是华山，其二便是华清池了。无论经过什么浩劫，华山的五峰，始终是高入太空，而华清池的温泉，也始终保持四十度上下的温度，向上涌着。华清池在临潼县城南，骊山的脚下，西潼公路，正是经华清池公园门过去。客车是不停的，包车坐的人，多半要停着洗个澡去。此处到西安一大站，将来火车通了，到陕西来的人，可以费很少的钱，搭车到临潼来洗澡，洗了澡再乘火车回去，碰巧，也不过半日工夫罢了。现在可以把华清池大概的情形，素描一下：在一片广场的南边，绿树参差的当中，映掩着几处楼阁，向一个铁栅栏的圈子门望进去，好像是一所园林。树木后面很高大的一个圆山峰，便是骊山之麓。只是这个山，不像华山有木有石，这是土山，微微的有些稀草而已。进了这园子门，便是一道曲折的水池，有道石桥跨过池去。池的正面，有三间玻璃窗户的水榭，岸后的杨柳，倒垂着枝条，罩着浓阴过来。水榭西角，有间亭式的粉壁屋子，在回廊转弯的所在，据传说，那就是杨贵妃洗澡所在了。水榭的东角，还有一所楼，可以转着走上山去，在山上，有老君祠，因为我看山不甚好，没有上去。在水榭后面，有一带屋子，便是浴室。这里的浴室，分作两种，一种特别室，要买票才可以洗澡，每人一元。一种是普通室，不要钱，游人可自由下水洗澡。至于普通和特别之分，就因为这特别室，里面预备着休息室，有炕床，清茶，围巾，还有人伺候，和都市上的浴堂差不多。休息室里开着一门，门里就是浴池。这个池大概有三丈见方，三尺多深，池底是水门汀铺的，四围是白瓷砖墙，很是干净。泉由池底南墙流进，源源不断，西北角有个出水的眼，当洗澡的时候，却已塞住。原来这里的规矩，一池水至多洗五个人，五个人之后，必定要换过一池，那眼就是换水所用。水的温度，比人的体温，要高一两度，在这水里洗到十分钟左右，必定要出水来休息一会，不然，热气熏蒸，人受不了。和我同阵下池洗澡的，共是三人，洗不多时，都是汗涔涔的站了起来。后人集句，说当日杨妃洗澡是“侍儿扶起娇无力，一枝梨花春带雨”。那真是一点不会错的。再就到普通室，是紧接着这池里流出去的水，温度和清洁，都差一点，不花钱之不大好，就在这一点。这池现归陕西省政府派有专员管理，男女分池沐浴，普通特别，都是一样，所收的费用，除修理华清池而外，并在这里设有乡村学校和果园，所在这里洗澡的人，多少是帮助着一点建设费了。只是有一层，军政界，在特别室里，免费洗澡的，似乎还不少。

开元寺

这寺在东大街路南，大门对着街上，门里是片广场，广场正面是庙，两旁是环形的人家门户，猛然一看，不过一般中产以下的住户而已，可是里面藏了不少的奥妙。在那大门上，有块开元寺的石额，下面有块木板横额，正正端端，写了古物商场四字。按理说起来，这开元寺是唐朝开元年间的建筑品，历代都增修过，说这里是古物商场，当然可邀初次西来的人相信。但是看官到西安，千万别见人就问开元寺在哪里？或者说我要进开元寺去。因为那两旁人家不是古物，乃是东方来的娼妓，稍微有身份的人，是不敢踏进这古物商场一步的。但是我因为听说这里面有塑像，有壁画，也许可以发现一点什么，就择了一个正午十二时，邀了一位教育所的凌秘书作陪，毅然决然的进去参观了。经过那广场，便是正殿，似乎这广场，原先都是殿宇，现在的正殿，已经是后殿了。正殿并不伟大，在佛龛四周，有十八尊罗汉塑像。其中有几尊，姿态很好，和北平西山碧云寺的塑像不相上下，我断定不是清朝的东西。不是元塑，也是明塑。有几尊由后人涂饰过，原来的面目尽失，大为可惜，然而就是我所认为姿态很好的，西安也很少人注意，始终是会湮没的。因为塑像这种艺术，清朝三百年来，是绝对不考究，所以没有好塑匠。我们把江南一带新庙宇的塑像和北方古庙宇的塑像一比较，那就可以看出来。清塑是粗俗臃肿，乱涂颜色，清以上的塑像，大概都刻画精细，饶有画意。开元寺那几尊罗汉像，绝无粗俗臃肿之弊，眉目也很有神气，所以我认为很好。在这正殿上，有座佛阁，四面是窄小的游廊，很有点明代建筑意味。阁里很黑暗，有三四尊像，是近代塑出的，无足取。

西安风俗之一斑

关于西京胜迹，那是书不胜书，我只到了这些地方，我也就只能描写这些地方。最可惜的，就是近在眼前的终南山，我竟不曾去走一趟。这并不是愿意交臂失之，因为初到的时候，赶着要上甘肃，回来的时候，又遇到天气十分热，只好罢了。现在还有旅客到西安，应当知道的一些风俗，拉杂写在后面。

西安人起得很早，在春天的时候，六点钟，就满街都是人了。便是住在旅馆里，七点钟以后，声音也极其嘈杂，不容人晚起。这自然是个好习惯，作客的人，不妨跟着学学。晚上九点钟以后，街上已经难买到东西。

西安人是吃两餐的，早餐大概在十点钟附近，晚餐在下午四点钟附近。设若你接到请帖，订着晚四点或早十点，你不要以为这是主人翁提早时间，应当按时而去。

西北人的衣服，都很朴实，男子有终身不穿绸缎的。近年来，年轻的女子，也慢慢染了东方人士奢华的习气，但是也不过穿穿人造丝织的衣料而已，到西北去的朋友最好穿朴素一点，可以减少市民的注意。若是你穿西服，无疑的，市人会疑心你是老爷之流。因除了东方去的年轻官吏，本地人是绝少穿西服的。摩登少年，也不过穿穿那青色粗呢的学生服，若在上海，人家会疑心是大饭店里的工友。如此看来，到西北去应当穿哪种服饰，不言可喻了。

某一个地方的人，必是尊重某一个地方的名誉，作客的人，在入境问俗的规矩之下，本不应该在浮面上观察过了，就作骨子里面批评的。陕西人爱护桑梓的观念，大概是比别一省的人，还要深切。到西北去的人，对人说，我们回到老家来了，西北人刻苦耐劳，东南人士所不及，像这一类的话，只管多说，不要紧。若易君左闲话扬州而兴讼，胡适之恭维香港而碰壁，都是忘了主人翁地位说话的一个老大教训。到西北去的朋友，对于这一点，势必再三注意之后，还要再四注意。

西北人的旧道德观念，很深很深，所以男女社交，还只限于极少一部分知识阶级，此外，男女之防，还是相当的尊重。客人到朋友家里去，不可以很大意的向内室里闯。像上海朋友，住惯了鸽子笼式的房屋，不许可人分内外，久之，也就成了习惯。到了北平，就常因走到人家上房，引起了厌恶。若到西安去，也要谨慎。再者，在西北地方，便是走错了路，遇到妇女，也不宜胡乱开口向人家问路，我亲眼看见我的朋友，碰过很大的钉子。

最后，说到方言这个问题，陕甘宁青四省，汉人都是操着西北普通话，并不难懂。到西安去，扬子江以北的各种方言，他们都可以懂得。陕西方言，大概是喉音字，发出来最重，如我字，总念作鄂。舌尖音往往变成轻唇音，如水念作匪之类。大概知道这一点诀窍，陕西话是更容易了解了。

周陵

由咸阳向北二十里，汽车走上高原，那是周陵，但是这不在西兰公路上，那是到三原去的公路所经过的一个名胜。我在由甘肃回陕西以后，特地去参观泾渭渠，曾瞻仰过一番，如今插笔记在这里。当汽车驰上高原的时候，渐走渐高，不见一点树木，只是那浑圆的土堆，高到四五丈，整幢房子那样大，三个一群，五个一排，散在广博无垠的地面上，那就是几千年前的古墓。由这古墓上去推想，我们就可以知道流出海外，辗转南北古董商人手上的那些古物，都是在这土堆里出产的。游人到此，正不可以小视了这穷荒地面上的黄土堆，须知这里，不亚于西方小说上的金银岛，有人在未开掘以前，把这高原上的古墓据为己有了，他就是中国第一个大富翁了。在高原上，远远的看到一幢绿瓦红墙的新建筑，那就是周陵。假如事先没有知道周陵就在这原上，游人是要大大的吃上一惊的。因为这样穷荒得连青草都不能高上一尺的所在，实在不配有这样华丽的建筑呀。那周陵的大门，是具体而微皇宫式的，三座圆洞门。由侧门进去，里面是一座石牌坊，大大的一个院落。正中一座陵殿，并不怎样高大，殿中设着周文武的牌位，殿外东西两方，有厢殿，现在是县立小学所占有了。转过了殿后，一个平顶的墓堆，紧紧的对了陵殿的后墙，在墓前设着一幢大碑，楷书周文王之陵五个字。文王陵的后面，约有二百步的远近，那是武王陵。武陵的高大，和文陵差不多，只是陵前一片空阔，比文陵紧紧贴在陵殿之前，要好得多。陵前有条石板道，夹道立有二三十块小碑。碑上所记述的，都出自清朝人的手笔，而名士抚台毕（沅）秋帆的尤多。本来陕西的古迹，在近百年来，毕先生整理的不少，游陕西人是不能不知道的。不过这周陵究竟是不是真的，到于今还是个疑案哩。周陵的布置，不过如此，里面是一棵高到一丈的树，都没有，新近栽了一些树苗下去，也不过臭椿之类，尺来高的干子，在稀松的草丛里摇撼着。这个地方，恰在高原上，很不容易得水，所以树木让它天然生长，是不容易的。假如要在周陵造林的话，我想必得多打几眼几十丈深的井，多用园工灌溉，至少经过三年以上，那才有希望呢。周陵后面靠北一带，古墓很多，相去五六里的所在，那屋高的古墓，相接连着，几乎有一二百冢，这也可以说是古墓群了。

八户人家的永寿城

由乾县西北行，公路是完全在高原上，渐渐的高升着。其间经过两个小镇市，都荒凉得很。第三个镇市，便是监军镇。一条由东而西的街，约莫有百十户店铺，所卖的东西，和乾县差不多。在街的西头斜坡上有一幢瓦房，门口直立着一方永寿县县政府的匾额。我向着同伴的人打听，才知道永寿县去这里二十里，在半年以前，那里曾经土匪攻扑过多次，对于行政上多有不便，所以把县署移设到监军镇来。我一路行来，都是顾忌着有不有匪，现在遇到的这股强有力的证据，自然是心里越发不安。因为所坐的汽车，在乾县耽搁的时候太多了，所以经过了监军镇，太阳便已偏西，到了永寿县不远，西边天上，黑成一片，阴云由地平线上涌起，已是下着零零碎碎的雨点。据同行的人说，只要一下雨，公路上其滑如浆，就不能走。因为高原上都是黄土，黄土沾了雨水，就很粘的，所以同行人已决定了计划，就在永寿县住下。我虽觉得不妥，然而这里究竟是个县城，住在县城里，哪有怕土匪之理，所以心里头尽管是忐忑不安，可是我嘴里，决不问一句话。一条很平直的路，抵了一座山脚下，远远地看到黄土崖上，环抱着半圈子黄土筑的城墙。又在一个小山坡上，竖起一座小塔，却也有些风景。及至到了城根下，拥挤着两行黄土屋子，破墙倒壁，凄凉得不堪。数一数，约莫有十来户店铺。可是说是店铺，也不过是理想之词，全是黄土壁子中间，有两片木板门，商品的点缀，有一个黄土灶，有一个黄土柜台，陈列着几方冷锅块，有一个敞门里面，开进去一辆邮车，一辆货车。一打听停车的所在，便是永寿城外的汽车站，而且是旅馆，下车去看看，那敞门里面，倒有两间漆黑的厢房，全被人占去。这后面，是个长方院子，三方无墙，是把黄土坡削得陡直的立着，在那土坡中间，开了几个窑洞子，而且也只剩有一个了。伸头进去看看，里面就是一方土炕，此外一无所有。与其说是窑洞，倒莫如说是坟窟，土气息味扑鼻。可是我们一行两车，有十几个人，当然住不下，便一同进了城。城外是那样荒凉，预料着城里是应该热闹些，殊不知大谬不然，只看到那土筑的城墙，在几个高低不齐的土山上，或隐或显，城里上上下下的土丘，有的种着麦，有的长着乱草，几堵秃墙，在荒丘乱草中间撑着而外，便是斜坡上，几个窟洞。仅仅北边山坡上，有几幢瓦房，后来一打听，据说共是八家，其中有三家，还不是民房，一所系是城隍庙，一所是废弃了的县衙门，一所是破庙改的县立小学。而那五户人家，还有一连守城兵借住了，简直可以说是这永寿县城没有人家。生平所经过的城市，要算这是第一个荒凉之城了。

凄凉恐怖的一夜

这一天，是倚靠了西兰公路工程师的面子，居然在县立小学，借着一个课堂来安歇了。这小学原基虽是老庙，课堂倒是新建筑的，在一个平坡上。只是上面有瓦，而南北无门，墙上有木格窗子，并无玻璃和纸，人可以在格子里钻进钻出，大风只向里面吹，吹得人打冷颤。课堂上有两张破桌子，板凳也无，我们进来，只好叠了土砖，坐在地上。天黑了，风越大，而且一阵阵的下着雨点，被风吹着，送到屋子里来。在行囊里摸出了洋蜡点着放在墙根下，以免摸黑。古人借宿，常说借一席之地，聊避风雨，雨勉强可避，风就不能避了。在这种凄风苦雨中，托人在城外，买来十几个黑馍当饭，只有一碟韭菜炒豆芽作菜，全是冷食，那豆芽无盐，却是酸溜溜的，我勉强吃了个黑馍，便展开带来的行军床睡觉。同行的马工程师，他是监筑这段公路的，这里情形，比较熟。他说，在去年，土匪据了这城很久，饿跑了，城外或不免有土匪，这里有一连守城兵，不必怕。只是上次也寄宿这城内民房里，晚上有两只狼来拱门。这个消息，可让同行的人，大吃一惊。因为这里既是没有门，窗户又是空的，我们睡着了，狼要来了，可以随便的窜到身边。然而这也没有法，只好警戒着睡。这课堂里，除了三位工程师便是我，其余的人，另在别屋安歇。先是头伸在被外，风吹得难受，在那冰凉的空气中听到雨点一阵阵洒着尘土响，让人说不出来是一种什么情味，将头缩在被里又气闷不过，而且又怕狼来了，不能提防。因之时而将头缩到被里，时而又将头伸到被外，整宿的不能睡好。半夜里醒来，听见刘总工程师咳嗽，我问他，他说，看到陈工程师的床毯摇动，以为一只狼。而陈工程师听到那窗户缝里，风吹得呼呼作响，也当是狼嗥，梦里惊醒过来。总而言之，我们都在这凄凉恐怖的空气中，作了一夜的恶梦。

花果山水帘洞大佛寺

出邠县西门，沿着泾水的河岸走，泾水是汹涌的流着。古人泾水清，渭水浊，对人不分好歹，说是泾渭不分。大概古时的泾水，比较的清，可是到了现在，一样是混浊得发黄了。在河岸上，整片的种着枣子树和梨树。当我们到来的时候。正是枣子开花的时候，汽车穿了树林子过，清香拂面。由咸阳到永寿坡下，四百多华里的路，没有一寸路，是令人感觉到愉快的，到了这里，有水声可听，有绿树可看，总算耳目一新了。约莫顺着河走了二十里路，到了花果山。读者乍听了花果山这个名词，必定诧异一下，以为笔者说神话西游记上孙悟空修道的那个花果山，岂能真有其地？可是这里不但有花果山，而且花果山进去，还有个水帘洞在，所以乡下人很老实的，就在这山上供了齐天大圣，显然的，他们就把西游记上的花果山，指实在这里。这山的情形，我可以描写一下，泾河的南岸，有一列平山，两峰相断，有个谷口。山是石质的，不过那石头极不坚固，随便敲打，可以粉碎，因为山的地质是这样，所以山上也是童然不毛，不但无果，而且也无花。在谷口山头转弯的所在，在山坡上高高低低凿了许多洞。这些洞，不整齐，也不美观，有些还倒坍了。其中一个大些的洞朝着正北，便是供着孙悟空偶像的。在山下，到一个村庄，栽满梨枣两种树，花果山，如此而已。由这谷口进去，约莫五里路，可以到水帘洞。远远的看去，那山峰懒懒的向南拖着，还是童然不毛。这高原上绝对不会有瀑布的，也就不能有水帘，看了花果山之后，同行人就不曾去游水帘洞。西进约莫七八里，到了大佛寺，这可是道地一尊大佛，足与龙门云岗的大佛鼎足而三，因为这里仅仅只有这一尊佛，所以龙门云岗的石佛很是有名的，这大佛寺的佛，却没有人传说。这里的石刻，和其他地方的石刻，没有二样，乃是将一座山挖空了，挖成个大洞，在洞壁上，雕刻起佛像来。在洞口上，依着山势，架起一座三层高的大楼，游人若是要看佛面，须是走上第三层大楼上去。楼里的大洞，约有一百零几尺高，正中坐着如来佛，两下有四大金刚。佛像虽是坐在的，也高有八十一尺，所以佛的头，一家屋子那样大，佛周央都镀了金，全身完好，眉目清楚，一个手指，差不多有一个人大，由下向上看，颇觉得伟大庄严。洞里面寂寞无人，有那整群的鸽子，飞来飞去。将鸽子来和佛像打比，只好算是人身上的苍蝇了。这个寺，还是唐朝建筑的，历朝都曾修建过，满清这一代，原很是破坏，在左宗棠手上，曾大加修理，保存到现在。在庙外看这寺，只见靠山砌成的三层石阁子，并不像龙门的石刻，一望而知是石洞。寺边有一个石龛，供有一尊立佛，高一丈二尺。本地人有个故事，说是这尊佛原在西方的，听说大佛寺有大佛，特意走来比身量，走到这里，方才晓得自已身体矮小，不敢进庙门，就在外面立着了。

平凉

由泾川到平凉，不过两小时的汽车路，我们又因公住下了。这里向来是西陲军事重镇，而北往宁夏，南去川北的买卖，也都由这里转运。陕甘商办汽车，不能直达，更是在这里转车。所以这个地方，是西安兰州宁夏天水四城的中心点，这城是很奇怪，由东关到西关，穿城而过，是九里路一条长街。全城人口有一万四五千名，那是荒凉的西北高原上所少有的。最妙的，这里居然有一家四开纸的小报，和若干家通信社。在这一点上，可以想到西北人，是把这里当一个重镇的了。汽车站有两所，在东关内大街上，我们汽车所停止的这一站，照例是附设着旅馆，也名叫西北旅社。因为平凉是个大县城，所以这里的旅社，也就比较的大些。最后进院子里，居然有一重五开间的屋子。屋子里自然各有一张土炕，土炕上各蒙了几块羊毛毡。另外有一桌二椅，作了房间里的点缀品。到西北来的人，便是举国恭维的班禅，到了这里，也只好是这样受用。这样看来，穷苦地方，就是有钱的人来到，有钱无处用，也和穷人一般，倒可以现出平等来。关于旅行方面，在这里寄信，打电报，雇车，雇牲口，都很便利。街上也有两家澡堂可以洗澡。不过为讲卫生起见，还是不洗的好。酒饭馆，这里也有而且在县署附近，还有两家湖南人开的馆子，可以尝点南方口味，不过荤菜总是两样，不是鸡身上的，就是猪身上的。鲜菜也只有韭菜和小萝卜两种，便是让名厨子做出一桌席来，那也是很单调的。在各方面看来，平凉总是较大的一个地方，可是有一件事，十二分让旅客不安，就是这里的井水，实在是太脏。本来过了咸阳以后，喝水的这个问题，就不能提，全是咸而且浊的井水。可是到了平凉这地方，是交通的枢纽所在，常常作为军事的根据地，是应该有干净一些的水。却不料适得其反，这里的水，在泡过茶之后，你放了碗不动，在五分钟之后，碗底上可以沉淀着一分厚的细泥。用的水，端了来，那简直就是灰黄色的。在东方人士，初到西北，对于这种水，不加考虑的喝下去，不能说与健康问题无关。虽然我们不能带着过滤器出远门，对于这种水，必须亲眼看到，开了又开，然后用壶装着，等泥渣澄清，再送到口里去。澄清之后，不嫌麻烦，再煮上一回，那是更好，不然，便是喝下去无问题，想起来也会作恶心的。此外，到平凉来的旅客，有点小常识，不能不知。这里的洋烛火柴，都是土产（洋烛而曰土产，文本不通，但洋烛二字，要改为蜡烛，又成为另一物件，只好听之）。火柴的头，是一种硫磺涂的，擦了之后，只有青烟，不见火光，必等烧到木棍上去，才有火光出现。假如我们不等火光出现，就点了烟卷，抽吸起来，那就会把硫磺发出的恶臭，吸到肺里去，立刻刺激得脑筋，非呕吐不可！以上这些情形，都是我亲尝的，据实写出。至于平凉的胜迹史料，问之于这里的一位六十余岁的梁老县长，他瞠目不能答。他说：同治五年，西北大乱，本县的县志，完全失去，所以一切史料无考，连名胜也不得而知。仅仅知道离此三十里，有座崆峒山，上面有道观，到阴历五月，有庙会。他所答的，我不能认为满意，想到这城内多少总有些古迹可寻，因此我拉了一个游伴，自己到街上寻找去。首先发现了一座火神庙，觉得里面的木柱特大，在西北，不是平常人力可以得到的。所幸这庙里还有一个老道，和他接谈之后，才知道这里原是明朝的韩王府，院子中间，有一块黑石，油滑放光，便是当日韩王由新疆得来的。他又说，去此不远，有一所关岳庙，也是古寺改建的。古寺是什么名字，现在不得而知了，那庙的后殿，有一口唐铸的铜钟。他说这话，我似信不信。因为西安城里有一口唐钟，大家都当做宝物，何以这里有唐钟，却没有人过问呢？我立刻顺了老道所指，找到关岳庙去。这庙比火神庙更加破旧，不过还有几个穷道人看守。我就问他们唐钟在那里，让我们看看，老道看不出我们的来头，并不否认，将我们就引到后殿去。这后殿虽也有神龛香案，那尘土都堆积得有上寸厚，黑暗暗的分不出里面有什么。在香案右角，有个大木头架子，果然架住一口钟，钟的上层，有破碎佛帐和灰尘遮盖着，下半截还露在外面，我找块破佛帐，将灰拭抹了，用带的手电筒一照，我直叫起妙来，果然是口唐钟。钟上所列的名字，都是唐朝小吏的衔名，最普通的，就是左押衙右押衙这一类的名称。我本来要查一查年号，但是字在朝墙里的一面，没法子去看。不过千真万确，可以证明是唐钟的了。用棍子敲敲，响声很圆润，也见得这钟并没有破裂。只是这样随便放在破庙里，就是不会有人弄走，也怕日久会损坏了。同西安那口唐钟相比，可说是有幸有不幸了。我在街上跑了三四小时，算是发现了这两样古迹，此外，是再找不着什么了。说到街市，因为这城仅仅的只有九里长的一条横街，也无可描写。不过这街的中间一段，已改名为中山街，将附近的桥，也附带成了中山桥。这桥有四五丈高，上面盖有个亭子，两头将土铺成斜坡，车马都可以从容行走。在桥上，看平凉全市，黄尘扑地，矮屋偎城，骡鸣车响，另是一种风味，也就算是风景区了。

六盘山

这个地方，是比三关口更出名的了。由瓦亭镇到山脚和尚铺约二十华里。铺在一道小小的河流上，约莫有三五十户人家。以前公路没有修辟，走六盘山的，由和尚铺穿庄而过，原也可以算是一道关口。现在公路由庄后斜上作之字形，一层一层，屈曲着盘旋上去。原来这里的大路要走，骡马大车不能直上直下，也必盘旋着走去，共是三左三右，所以叫六盘山。而今修公路，要更求平正，山岭东边，由下到上，就成了二十二道曲线，而小弯弯还不在内，就不止六盘了。这种工程，原是华洋义赈会修的，据说花款有二十多万元。只是修到山顶，钱没有了，就不修了，所以岭西由上至下的一段，还是原样，由现在的全国经济委员会公路处接下去兴修了。就是东边一段，据刘如松总工程师说还有许多处要加以改正的。至于这六盘山的高度，说起来是很可以吓人一跳的，距离海面是七千八百多尺。庐山是江南人认为最高的山了，也不过四千多尺，这就超出一倍有余哩。其实这山的本身，高也只有七八里上下，他们工程师步行，由山东面走到山西面，不过费一个多钟头，其高可知。而所以高到七千八百尺的缘故，就因为向西北高原上走，本是越走越高，六盘山又在高原的上面，这就有六月下雪的可能了。山的地质，是一种带紫色的石头，但是这石头，非常的松脆，稍微用力敲打着，就可以粉碎。有了这点缘故，每在大雨之后，公路旁边的石壁，常是整大片的倒坍下来，把路遮断。就是工程完全修好了，单独以这山而论，将来是另要预备养路费的。我和刘总工程师在车上，随看着山，随讨论着山的工程。刘君又问我，耳朵里响不响？我笑说，果然耳朵里响，何以知道。他说山下的气压，和山上的气压，相差很多，若是步行上山，慢慢的改变，是不会有什么感觉。坐汽车上山，气压变换得很快，耳朵就要响了。他又笑说：这山上常出强盗的，什么时候碰着他，可说不定，也许我们和他有缘。我说：何以地方官不派兵在山上驻守呢？他说：原是有的，以前顶上有座庙，兵就驻在庙里。现在庙没有了，没地方可以驻兵，只好在两边山脚下，东边的和尚铺，西边的杨店镇，派了地方保卫团防守。可是山上下相距得太远，总也耳目难周。好在这条路上的土匪，是不大伤人的性命，我们碰运气罢。我笑着没作声，但是我心里想着，将来西兰公路，正式通车官府总得想个妥当法子，来保障旅客的安全才好。这天，我们过山的日子，天气很清和，仅仅是到山顶的时候，有了几阵大风，略像深秋的天气，还不十分冷。山上遍地长着青草，虽没有树木，却也很好看（当我由甘肃回陕的时候，满山开着野芍药，和许多不知名的野花，那就更好看）。在山顶上向东方平原看，房屋田地，都成了小孩子玩的小模型，虽身临险地，也别有风味。向西下山，公路不曾修好，大家下车步行，往下看，阴暗暗的是两峰夹着一道深谷。若以用兵而言这里是易守而难攻的。历史上在这附近用兵的人物很多，最有名的是成吉思汗，曾在这里避过暑。

最小的客店

华家岭这个山梁子，东西相距是二百四十里长，直到走过了三分之二的路，才有这样一个小镇市，此外，梁子上是土窑一所也没有的，所以这个镇市，虽不过二三十户人家，那真是太平洋里寻出一个救命的淡水岛来。这小市集也围了一道小小的堡墙，里面原来都是农家，自从公路经过，也就有一两家，经营客店。先投到一家客店里，也倒有院子停放汽车，只是东北角共总四间小屋子，全被人占了。若要在这里寄宿，只有睡在汽车上。我们始而也想和那占屋子的客人大相通融，及至他们走出来一看，头上扎花布，身上披了大围巾，还有络腮胡子，竟是一群印度人。印度人到这里来作什么？这是很有趣的。后来听他们和店家说话，也说得是极流利的甘肃话，这便可怪。后来打听，才知道他们是青海的缠回，由土耳其朝天方回来。回教人是极爱洁净的，我们为了尊重他们的宗教起见，只好出去，另找客店。找了许久，对过一个住户，他们愿意容纳我们。那里就是一间屋子，房门便是大门，临着大路。屋子里是一个大土炕，大概原来是有一张小的破桌子，因为让旅客进来，腾挪出去了。现在这屋子里，除了那土炕，便是屋角堆的一些瓦罐子，瓦盆子，在这屋里，可以说见不着一寸木器，有之，就是两把锄头上按的木柄。这屋子放了三张行军床，就满了，那位贺工程师，还挤到另一人家去住。这个客店之小，生平是没有经过第二处。同来的那群工友，挤在隔壁住，也是十几人一间屋子。这个地方，到平凉，正好是汽车一个大站，客店这样少，实在恐慌。据公路管理处的人说，一定要在华家岭设站，和旅客招待所。我想，以后经过此地，也许便利些了。

兰州的街市

兰州虽是边省的省治，可是指古时而言。现在我们把中华全国地图打开来一看，在正中的地方，画一个十字，那么，我们就可以在十字中心点附近，发现兰州这个地名。所以到兰州来，名义上是繁华边界，实际上是到了中国的中央。这里在西方人看来，也是西北的上海，西向新疆、青海，以及西藏北部，都由这里，运了货物去。北向宁夏、蒙古，也有买卖，所以在商业上，兰州是很有地位的。我们走了一千多里干燥无味的旱道，所经过的，便是平凉那种大地方，也只是一条直街，所以我们理想中的兰州，也很荒凉。及至汽车进了东关以后，便觉是差强人意了。兰州和西北各城一样，在城墙之外，另有一道关，东关南关，都是很大的城圈，只有北门出门便是黄河，才没关。由东门到省政府衙前，是个干字形的街道，宽的所在，也有两丈多，窄的所在，却仅仅通过一辆汽车。店铺完全旧式，柜台多半像南方的当铺，一字栏门。所有货物，都是陈列在一种多格子的高大木架上。所谓窗饰，自然是谈不到。便是货物的样式，也很少能表现出来。这理由很简单，因为玻璃这种东西，很不容易搬到兰州去。这里的玻璃价钱，更是昂贵，大概一尺见方的，这里就得卖上一块钱了。因之兰州城里的建筑，就绝少这样东西，商家用那最古的法子，把货物放在架格子里而外，有那一定要陈列出来的，不是挂在屋檐下，便是挂在墙上，以便主顾采用。房屋也十九是老式的，低低的屋檐，向街心里伸出，在屋檐下横列着各种招牌。我所看到的略带新式的房屋，只是新开的几家旅馆而已。西北是大陆气候，雨水很少，因之兰州城里的街道，也都是土质，不过灰土还不像西安那样厉害，并且这里利用省政府里的磨电机，全城都有电灯，这却是胜于西安一筹的了。

黄河铁桥

“千古黄河一道桥”。在以前津浦平汉两条铁路没有筑成以前，由青海到山东海口，黄河就只有兰州城门外一道浮桥，所以有了这七个字的老语。桥在北门城外，出城就可以看见。不过原来是浮桥，现在是铁桥了。浮桥的构造，和南方的浮桥也不相同，乃是把木料飘在水里，用一种甘西特产的千金草，搓成绳子，将木料缚住，然后在上面铺着板子。桥面很宽很宽，为的是好在上面好通过骡马大车。但是有一层麻烦，这桥要每年架搭一次，因为到了冬季，黄河结冰，这桥不收起，冻在冰里，就要损坏的。到了光绪末年，甘肃某巡抚，作一劳永逸之计，花了五十万两银子（运费在外），请德国人建筑了这座铁桥。桥长约有二百多步，宽一丈四五尺，和铁路上的铁桥，大致相同，不过这在桥面上，铺着一层厚的木板，笨重的骡车马车，滚着桥板咯咯作响，由架空的桥梁下，一重重的钻了过去，又是新的，又是旧的，倒也别有风趣。河的北岸是白塔山，山上有几处庙宇，参差着山的各层。那上面并没有草木，淡黄色的土被强烈的太阳光照着，只觉银光射目，显然不是中原景象。桥的上下游，都有很大的水车，直列着圆形的轮子，让黄河的水去推动。黄河的水，流着总是很急的，在桥上经过的人，可以听到那水流在桥梁上冲刷着，哗啦作响。还有那牛皮筏子，不用东西撑动，在水面上顺流而下，去得很快。这一些，在黄河桥上看到的，是东南人，最会感到兴趣的。

北海旧燕

二月江南

“暮春三月，江南草长，杂花生树，群莺乱飞”，客朔方之南人，每诵此数语，辄觉悠然神往。实则此尤过于华丽，仅“芳草碧色，春水绿波”八字，已画出此日江南春色。闭目静思，置身其间者，殆飘飘欲仙矣。

尝居江南田园，知泄露春光者，非梅非柳，而为麦苗。灯节之后，东风送暖日光融和，麦自湿土中跃起，猛及五六寸，登高俯瞰，弥望皆绿。又旬日，菜花盛开，黄金匝地，清芬扑人。在夕阳将下时，麦田百亩，清水一湾，其间杂黄花两三畦，新柳四五株，便是春光烂漫，描写不出，而固无假其力于桃李之芳菲也。诗以赞之曰：

平芜几片菜花黄，风过天空似有香。画得春光神欲活，一湾流水弄斜阳。

回忆杜鹃

杜鹃这种鸟，北方少有，但在阴历五六月间，偶然也可以在郊外绿树林中，听到这么一声“不如归去”。所以华北人士对此也不会陌生。

在四川领略了八年的杜鹃啼，当此杜鹃花打着火把，满山遍野开了，杜鹃鸟不分昼夜狂叫的日子，倒让我们有些回忆。

在四川，谁都想家。肚子里有点墨水的人，也都全知道杜鹃是催归鸟。由阴历正月尾起，一直到盛暑的时候为止，在山中，在深谷，甚至在城区，全可听到杜鹃叫，因为心理作用，听了这种叫声，让人发生一种极忧的客怀，我联想着我家人会这样想：“应是杜鹃啼不到，蔷薇谢尽未归来。”又想到：“愿把此身化杜宇，天涯到处劝人归。”是有人化了杜宇吧？何以这样多？

在天夜半的时候，枕上醒来，那半轮黄黄的斜月，由山窗里照到床前。远远听到“不如归去”之声，一句急似一句，这过去的六七年，常有这个境况。于今想起来，还觉此情难受。四川的杜鹃鸟，又该在昼夜狂啼。我在燕京招着手，多谢你，我回来了。我已见过七十几的老娘了。

鸡鸣早看天

入川境，大小镇市小客店前，均悬纸糊四方灯笼。两面各书一五言句云：“未晚先投宿，鸡鸣早看天”。此项小店，川人谓之为“鸡毛店”，即以联语得名，例不再书市招。旅客看纸糊灯笼即可知是客店也。友人洪深兄揭“鸡鸣早看天”五字，编为一景三幕剧，取材在西洋名剧“大饭店”之反面，甚妙。

下江人初入川，有向鸡毛店投宿者，颇不耐。相传有一拟试帖诗，赋得鸡鸣早看天，得天字云：“未晚先投宿，登楼桌椅颠。屋小难容足，扶梯不并肩。闭户奇臊袭，张灯鬼火偏。臭虫操枕上，耗子舞窗前。深夜无奔处，鸡鸣早看天。”

此诗对鸡毛店，已形容极致。但不尽如此，亦有略可安榻者。洪深先生之剧本，为舞台构图美起见，尚有一堂屋，及卧室若干，未免溢美。此剧本当可传至收复区，则读者不可误会也。

三六九处处　二五八家家

江苏人在重庆开小吃馆，专卖元宵（上海人谓之为汤团），汤面，馄饨三项者，例书市招为三六九。此项小吃店，极便于公教人员，生意乃极兴隆。因之元宵店遍布重庆市，三六九之市招，亦遍布重庆市。好事者因口占一联曰：处处三六九，家家二五八。下联谓麻雀牌之风盛行也。成都人闻之，笑谓此与开小吃店者用三六九市招，同一伧俗，不够幽默。或问：蓉人固以幽默见长，试问当如何出之？某君曰：就原来十字，一字不改，仅掉换一番上下而已，应当曰：三六九处处，二五八家家耳。若于三六九，二五八下之，念之作顿，则尤为神气活现。细思其言，颇有至理。

忆重庆碧桃

千叶桃，北平谓为碧桃，于冬春之交，饰为盆景。此花在四川，极为平常。其树高二三丈，仲春开花。共重瓣四五层，有深红，粉红，素白七八种。花开时，云霞簇涌，极为美观。

在重庆郊居时，友人澄平兄，门前有花二十余株，三五日，辄倩人送一束来。其初，并赋一韵语信云：

> 送钱君不要，送粮君不要，抗战台前苦故人，急得人发跳。门前千叶桃，近日花开早，看她白白与红红，诗意有多少？折下几枝来，送你自分晓。添得山窗幽，莫厌茅居小。高高低低供几瓶，也似红袖添香妙。红是健儿杀敌的血，白是吾人陈情表。若说会心不算遥，请你发一笑，请您收下了。

澄平兄并不能诗。信手拈来，恰成妙谛，予谢其花，尤谢其诗。予既北上，澄平兄亦赴汉，千叶桃，现在落英缤纷之候，未知谁是主人矣。

乳妈和轿夫

宋稗类钞格言篇，载晁说之（字以道）客语一段，很富社会思想，料不到七八百年前，宋儒在正心修身之外，有这个说法。他说：

“富人有子，不自乳，而使人弃其子而乳之！贫人有子，不得自乳，弃其子以乳他人之子。富人懒行，而使人肩舆，贫人不得自行，而又肩舆他人以行。是皆习以为常，不察之者，推此亦多矣，而人不以为异。悲夫！”

宋儒讲理学，由二程一直数下去，在语录中就找不到这种说法。他们讲诚，讲敬，讲格物致知，这种眼前的事物，他们就没有格一下。在宋末的时候，已经有人骂理学误国，胜于晋之清谈，至少是不过分。否则治国平天下的人，焉有不讲御外侮之理？理学由北宋谈到南宋，直至亡国完事。而岳飞文天祥陆秀夫几个顶天立地的男子，他们并不讲理学。可见理学全是空谈与废话。

晁是宰相晁端彦的儿子，工诗善画，是苏东坡一流人物，所以他倒能说这种话。

因之，我想到现在的民主。尽管大家谈得起劲。假如社会上还有乳妈和人力车夫的话，中国的民主，依然是张空头支票。

白门柳

当我初回到南京的时候，新闻界朋友，要我写点感想。我在宴会席上，随便写了几首诗，记得其中有一绝说：

收拾行囊探老亲，七千里路冒风尘，趋车又过新街口，枯柳娑婆是熟人。

那是隆冬时节，所以我这说。自今日起，行政院正式在南京办公。虽然没有宣布正式还都，这可以说“南京重庆成都”，自今为始了。在南京，这个日子，正是杂花生树，群莺乱飞的季节，尤其是杨柳这东西，南京到处都是。现在凝雾笼烟，垂金匝翠，杨柳恰在最好的阶段。这批还都的人员。想到当年离开南京，是雨雪凄其，今日回来，是杨柳依依，应该有些兴奋吧！当然，不能说什么“尤情最是台城柳，依旧烟笼十里堤”了。但感慨总是有的。因赘二诗：

入蜀仓皇几壮年，回家半是雪盈颠。还都一遇归来燕，凄绝垂阳夕照边。

万树垂杨拥白门，重逢真足老湿桓。龙盘虎踞还无恙，步向钟山拭泪痕。

给重庆朋友

现在是北平黄金时代开始的时候！重庆朋友，北平每一个角落，现在都充满了春色。不用多说，只要由东长安街穿过天安门，到西长安街，在三座门一带，溜上几十码路，在嫩绿色的槐树荫下，被黄瓦红墙围着，那不是置身画图里吗！

朋友，听说你们家里，已是（华氏）九十六度的温度，汗会像雨一样下吧？我们在这里，早买下的一万元一套的毕叽或拍力斯西服（现在已是二三万元了），还得在里面衬上一件羊毛背心呢，你别以能吃冰淇淋而骄傲。我们能够在来今雨轩看牡丹花，照样的吃冰其淋。而且紫藤花像绣球一般开着。可以坐在藤萝架下吃藤萝饼。飞机不便带那东西，给你在纸上画一个寄了去罢。

最后，祝你们今夜得一场透雨，晚上可以盖着毯子睡觉。虽然我们还是盖着棉被。

好还乡

杜甫喜捷诗，这是近人喜欢用的一首诗。尤其是在四川的朋友。“却看妻子愁何在，漫卷诗书喜欲狂。白发高歌须纵酒，青春结伴好还乡”。老教授们，真有这种感想。

不过，青春结伴，谈何容易？一个人搭船搭车，还有问题呢。那么，直从巴峡穿巫峡，可能也就是幻想。我真为在川的老朋友着急。

五五早起书怀

七年前的五四，我一家，几乎没炸死烧死。五五天不亮，我护送着妻儿离开重庆市区。我知道渡江不易，由七星岗倒走向两路口，取道浮图关下的山路走向菜园坝。大街上，店户闭着门，穷苦百姓，挑着行李，提着包袱，全不作声，人像水一样，向市区外流。一路脚步擦着路面声。看任何人的脸子，全是忧愁所笼罩。我惊于空袭对心理上作用之大，我知道国家抗战之苦，我更知道，这不过是一小点的空袭，若一个国家，整个被打垮了，而兵临城下，那又是什么景象。

我们在山上一看江滩上待渡的人，说什么万头攒动，像一块乌云，像一片蚂蚁。这如何能过江？万一敌机这时到了，那事真不能想象。因之我越发倒走，尽量离开市区。在坟堆的槐树林下，遇到一位挑江水的。我们花两毛钱（至少值现时一千元）要了一瓢冷水，站着互递了洗脸漱口。所有洗脸用具，是妻一条手绢，完全代表。各喝一口冷水，逆流而行，离开码头四五里，在木筏外面，有一批小船。我看四周还无抢渡的群众，我以川语高呼："我们是跳（读如条）警报的，那个渡我们过河，我出五元钱。"这是个可惊的数目，当日可以买到五斗米，一个渔夫，懒洋洋的船篷下伸头望了我们一下。他带了笑说："再多出两元，要不要得？"我没有考虑。立刻说声："就是吗！"踏过六七十公尺的一片木筏，我们上了船。二十分钟后，我们到了南岸的沙滩上。跑了一夜警报的她，始终面如死灰，这时微微对我一笑，问："脱离危险区了吗？"我竟是把妻当了朋友，热烈的握着她的手说："我们相庆更生了。"抬头一看，一片蔚蓝色的天，悬着一轮火样的烈日。重庆在隔江山上，簇拥着千家楼阁像死去了的东西，往下沉，往下沉。天空里兀自冒着几丛烧余不尽的黑烟。对岸几片江滩，人把地全盖住了。呼唤和悲泣声，隐隐可闻。江流浩浩，无声的流去，水上已没有渡轮，偶然有一只小船过江，上面便是人堆。人堆在黄色的水面上悄悄的移。

这日子，妻正向我学诗，不知她套着那书上的成句，告诉我说："愿我有生年，不忘今日惨。"她眼圈儿一红。看了孩子，牵着我的衣服。

我恨了日本人七年，直到广岛吃原子弹，而松了这口气。七年后的五五，我和妻，相隔三四千里，纪念着这个惨痛的日子。早起，我孤独的站在院子里，有点惘然。……

老槐树上，一架航机，轰然飞过。怕听的马达声，我已不怕了，算是我获得的胜利。我惘然什么？

寒士壮语

李太白诗：清风明月，不用一钱买。另山自倒非人推。这是打肿了脸，装胖子的话。老杜的诗，酒债寻常行处有，人生七十古来稀。一般的作壮语，却实在的多。

全国的寒士，都在闹饥荒。若根据李白的话，他们大可不那个，这般了。不是有不用一钱买的清风明月吗？

南梁周颙清贫，终年不吃荤。王俭问他在山里吃什么？他答说是：“赤米，白盐，绿葵，紫寥。”你瞧，用文字写出来，是多么好看，可是将东西搬上桌子，却有点不是味。我想，专门请这批先生当公教人员，川人打话：“硬是要得！”

可是年头不同了，寒士已经不要这字面上的美，谓将奈何？

飞机响着过去

我和其他来自后方的人一样，喜欢报告敌人轰炸的惨酷，当我说着人的肠子挂在电线上，人肉粘在破墙上的时候，年轻的小姐，将两只白嫩的手掩着她的苹果脸蛋。手边下，就摆着一份报，一位老先生拿起报来看着；在他的老花眼镜里面，把惊异的眼光，射在报纸上。

这时，有人说：生在地球上的人类，谁不是十月怀胎生下来的？为什么拿炸弹去炸同样的人类？当一颗原子弹，落在广岛上，日本喊着："天呀！"的时候，他会省悟轰炸中国人的罪恶吗？

老人放下报，干脆的答道：不会！我由中国人本身上证明不会。在八年人家炮火压迫之下，挣扎出来了。他们……他不说了，摘下眼镜放在桌上，把报纸也放在桌子角上，他将那抖颤的手，在报纸上重重的拍了一下。那每条刻划着辛苦纪念的皱纹，在他脸上不住闪动。他的脸上，把作祖父的慈悲相失去，泛出一点红色。不是他半白胡子巍巍的动着，让人疑心他是血气方刚的一个小伙子。

我偷看那报纸，上面有排炮，扫射，克复，溃窜，种种字样。老人胡子还在颤动。祖父动了肝火。别让他老人家得脑充血，我也不敢再说什么。

屋子里悄悄的，小姐们弯了腿坐着，牵着旗袍下襟，将雪白的牙咬了下嘴唇。小伙子们抽着书架上的书下来，又送了上去。

哄哄哄，飞机在半空上响。重庆客隔着玻璃窗向外张望，五架战斗机燕子般掠过去，他低下头，有一个回忆。回忆着挨疲劳轰炸的日子，有这样东西时，却不是自己的。

碧槐城市

南京是无处不见柳，北平是无处不见槐。蝉吟日午，小院荫浓、夏槐固然是可爱，然而暮春嫩绿的叶子上，飘上一片凉月，洒上几阵细雨，如何不好？当它花开的时候。缀雪如球，浓香扑人，在午夜，在清晨，空气里有一种不可形容的滋味。你无论如何粗心，在绿荫下也会领略到的。秋来，西风白日，飞上满阶黄叶，这又坏吗？一两株在四方的院落里，千百株夹峙在平坦的长街上，四五株丛集在深巷里，都各有它的意思。我尤其爱两三株老槐树下，有一段半旧的白粉墙，或两扇不大红的古庙门。

让我回忆一下

让我回忆这么一个端午：

大太阳，照着茅屋外的山草，向半空里喷着火气。厨房煮粽子的香味，由空气透过了屋角，直扑到屋子里来。窗户上的料器瓶子，供了一大把野栀子花，在极不经意的时候有一种清香送到鼻子里来；但你仔细去闻，香气又没有了。虽然除此以外，什么没有表现，但我们知道这是端午。

邻居的女儿在童发的缝里，插了一朵极大的百叶石榴花，换上洗过多水而质料上还有绿花纹的洋式夏装，光腿下穿着仿造皮鞋的布鞋，一跳一跳，吵着要上街去看龙船。这也象征了一点端午气氛。

十点多钟了，粽子还没有熟（一年只一次的山居异味），呜，呜，警报来了。关门，带孩子，背包袱，熄火，换上保护色的衣服，进防空洞，躲警报的戏，又排演一次。

人像沙丁鱼一般，拥挤在防空洞里，飞机临头的轧轧声，高射炮放射的隆隆声，炸弹爆炸的哄哄声。虽每一种声，都刺激得多了，而每个人的心却没有麻木，心房在跳，呼吸紧张，手上出冷汗，在漆黑的防空洞里，大家等着死亡！等着毁家！

三点钟了，在一声长的警报解除声中，慢慢儿的出了洞，一下看到大太阳，让人一惊，因为在洞里时，原以为是漫漫长夜呢。拖着疲乏的步子，由石板山径小路走回家，看到那幢灰黄的草屋，还在太阳下，祝福它又在炸弹下度过了一劫。一路上听到行人报告，炸了两路口，炸了上清市，炸了化龙桥，不知是些什么人在端午节家破人亡？

到了家，小孩子们全忘了刚才的紧张，要吃粽子，要看龙船，我欣慕他们天真，脑筋里没一点忧惧悲哀的影子，我不能够，我傻瓜！

今年，又过端午了。全中国人都已成了天真的小孩，而我还不能够。傻瓜！

盆莲

此言盆莲，谎也，取其字面浑成耳，其实只是一个荷花盆水面上几片荷叶而已。虽然，怪有趣的，倒值得谈一谈。事情是这样的：

两个月前，在白塔寺庙会上，买了两个藕圈儿。回家之后，买盆，搬泥，装水，放在花台上，天天去端相一会。三天，五天，一星期，两星期，还是两盆儿水。倒是放在里面的几个荸荠，抽出了一丛绿线条。荷叶，没有，更不用谈莲花了。

直到了前两星期，才在水面上飘出古时候铜子儿大的几片绿叶。我感到无望，不管它了。这几天，有门儿了，一盆挺着一片碟子大的圆叶，一盆挺着两片盆子大的绿叶，随着，又各有一根手指粗的梗子，上面斜卷着一枚玉簪子似的东西，那是将来要开的大荷叶。忙了三个月，天天在花台子边端相一会，就是这一点。除了我闭眼幻想出两朵莲花，在荷叶丛中展开，今年是不会有什么希望。

这也就很够了，每天它让我端相一会，工作得疲劳极了，在这端相之下，我到底轻松一口气。是苏东坡的话，“辄于其间，少得佳趣”。有趣就行，管它有多少花叶呢？我幻想中，曾也有红色的蜻蜓，在花叶上翱翔。结果，没有。倒是小马蜂常在小荷叶边上跑着，伸出喙去在水面吸水。我疑心这小马蜂和那铜子荷叶儿一样，是不让我太失望的。因为我曾于衣冠整齐将出门的时候，还会为了它们小立五分钟呢。

隔巷卖葡萄声

予有十余年之时期，不能闻北平小贩唤葡萄声。其后离平居京，更入川，此事遂废矣。先是予居平之三年初秋，患伤寒，甚殆。幸不死，卧床亦久。由中元以至中秋，均缠绵床褥间。予青年困于婚姻，且以父丧失学，备极懊恼，时昏卧会馆，鲜有照顾者，而孀母幼弟正群客芜湖北上未能，月赖吾三四十元之接济。予病，自秘之，家中包裹亦勿能寄，枕上无事惟思太得意事自遣。复念病或不起，孀母丧其长子将不能堪，其下除仲弟已冠，可经商外，其余弟妹四人，均弱小将失学，其不幸更甚于我。以养母育弟，予固跪誓于先君弥留之际也。思极而悲，泪涔涔落枕上。长午如年，小院人静，两扇纸窗外，惟隔院之碧槐巨影相对。而扰其思潮者，则为小巷唤"甜葡萄嘎嘎枣"声。时内乱未起，物价贱，葡萄一斤不过洋数分。而物价愈贱乃愈多，唤葡萄枣儿声此落彼起终日不绝。亲友之问讯不至，而此吆唤声遂永留脑际不去。自后，入秋每闻此声，则卧病滋味即在目前，盖印象深也。

一别北平十年。为人作嫁，又只身北上。于城僻处颇有一家，空室无人，六七老树，十余小树，各以其亭亭之盖助予“作嫁”余之写作。或以事迟出，天高日晶，空庭阴老，玉簪于墙阴抽出三四枝，告予仲秋之午矣。忽隔巷吆唤葡萄声来，令予怔然如有所失，予母七旬矣，知予闻此声而感。予妻久随笔砚旁，亦知予性，相隔数千里外，得毋心动耶？幸今非二十五年前北京。吆唤葡萄者，若空谷足音。否则予若塞上衰囚，楼头少妇，殆不胜多感之苦也。

桂窗之忆

中国文艺谈桂者，曰小山丛桂，曰三秋桂子。苏州留园曾立一太湖石小山种数十老桂于其上，即以小山丛桂榜之。皓月横天，凉风扇露，曾于其间徘徊数夕，良不欲去。三秋桂子，则词人咏西湖者，予数次游杭，均非秋季，殊不能想象其境界。四川新都，桂湖公园，曲水迴廓，小山倚榭，有老桂一二百株，八月之间，香闻十里，予至时，乃在初夏，则亦绿荫遍地，不得受木樨香也。平市街头，近有盆桂出售，盖冬青接枝者，殊非珍品，观物驰怀，思以旁及，乃联想及予之桂窗。

予潜山故居，传五代，子孙繁盛，传及予身，乃得其中之数椽。有一室，为祖姑绣室，予因营为小斋。斋老，黄土砖墙，白粉剥蚀成云片。无天花板，覆以篾席，席使净无尘，作古铜色。南向一窗，直棂无格。予以先祖轿上玻璃上下嵌之，不足则代以纸。凡此，均极简陋，然窗外为三角小院，围以黄土墙垣，终年无人履之，苔长寸厚。院中一桂，予祖儿时手植之。时则亭亭如盖荫覆满院，清幽之气扑人。七月以后，花缀满枝，重金匝翠，香袭全家。予横一案窗下，日读线装书若干册，几忘饮食，月圆之夕，清光从桂隙中射上纸窗，家人尽睡，予常灭灯独坐窗下至深夜。三十年来，不忘此境焉。

抗战初年，予由京归里，知此院为他房所承继，以桂不生产，砍为薪，院则饲豚，并青苔不复得。是知风雅事，实不及于农村。古来田园诗人，每夸农村乐趣，固知谎也。

去年今日别巴山

去年今日（十二月二日），我开始离开七年倚居的重庆。当日冒着风雨渡江，夜宿南岸海棠溪。海棠溪这个名词，多么富有诗意呀！况是风雨海棠溪呢？其实那里是毫无足取的，只是重庆对江，一个公路站起点。西边一片黄草童山，护着一条水泥面路，直到江滩。东边是群乱七八糟的民房，夹着一条小街。车站旁边，两面童山，带着一片坟堆，和一些歪倒的民房，夹了一条秽水沟，在很深的土谷里，流向长江，实在找不到一点诗意。

不过这天我带家小到了海棠溪，却是悲喜交集，说不出来是一种什么滋味。我家住南温泉六年多，城乡来去，必须在海棠溪上下公共汽车，车站员工，几乎无人不熟。这次上车，变了长途，直赴贵阳。我从此离开四川，也就离开六年来去的海棠溪。久客之地，成了第二故乡，说到离开，倒有些舍不得似的。

这晚，正值斜风细雨。我走出旅馆，站在江边码头上。风吹着我的衣襟和头发，增加一种凄凉意味，满眼烟雾凄迷，看不到什么。深陷在两岸下的扬子江空荡荡的一片黑影。隔岸重庆，一家屋影不见，只是烟雨中万点灯火像堆大灯塔，向半空里层层堆起。我暗喊着梦里的重庆，从此别了。这烟雨灯火中，多少我的朋友啊。当时得诗一律：

壮年入蜀老来归，
老得生归哭笑齐。
八口生涯愁里过，
七年国事雾中迷。
虽逢今夜巴山雨，
不怕明春杜宇啼。
隔水战都浑似梦，
五更起别海棠溪。

觅顾妈

赛金花死矣，然其大名，必可不朽。士大夫阶级以其出身妓也，庚子之役，又与瓦德西有堪渲染之罗曼斯，乃不屑齿及。实则魏赵灵飞当年挽救北平无数生民之时，正士大夫鼠窜龟缩之候。以此较彼，吾取赛金花也。赛金花潦倒以死，三尺黄土，了与陶然亭畔。而与二爷形影相依之顾妈，尚在人间，人亦多忘之。不意悲鸿先生多情，尚忆此媪。而青芳先生，亦躬与奔走，以觅斯人。此在打油诗人，诚觉良有足多，诗以颂之。

关系兴亡不算夸，而今谁忆赛金花？美人黄土千秋恨，剩得饥寒一顾妈。

爱屋及乌事可夸，兴亡一代记莺花，大师毕竟多情甚，肯向人间觅顾妈。

曾向锋头捋虎须，诸公衮衮有谁如？二爷老死无人间，贫贱相依只此姬。

此姬非不解炎凉，只许穷人有热肠，不让热肠人冷死，书生究竟异寻常。

春联小考

春联之制，始于西蜀孟昶，人尽知之。而以第一联为“新年纳余庆，佳节号长春”，则误也。宋史卷四百七十九，西蜀世家，载云：“每岁除，命学士为词，题桃符置寝门左右。”是可见孟昶称帝以来，素有此制。世家又云：“末年学士辛寅逊撰词，昶以其非工，自命笔题云：新年纳余庆，佳节号长春。以其年正月十一日降。太祖命吕余庆，知成都府，而长春乃圣节名。”观此，则所传十字，乃孟氏最后之一联。而非创始之一联。其“纳余庆”三字，确系双关，令人叫绝。唯“号长春”则较牵强耳。按宋史卷二，太祖本纪云：“己未（建隆元年二月），宰相表请以二月十六日为长春节。”是宋之长春节距西蜀投降，尚有一月之遥，何以于正月言之？亡国之君，只图善颂善祷，以求远祸，殆不能以时细较矣（宋史载，天成二年，生赵匡胤于洛阳夹马营，并未言何月。若以上引史文言之，赵自系生于二月十六）。桃符与春联原为一事，后则分二，荆楚岁时记言桃符甚详。此书成于晋，习尚来自汉魏。记云："帖书鸡户上，悬苇索于其上，插桃符于其榜。"玉烛宝典载：符以桃木为之，并于其上书神荼郁垒字样（此为二神名，如伸舒郁律）是则最古之门上所贴春联，只在避疫，并非颂祷读祝福也，后人有以宜春帖为联之本者，亦非是。岁时记云"立春之日，悉剪綵为燕，戴之，帖宜春二字"，是分明佩戴之物，非门联矣。孟昶好弄文墨，殆以神荼字样过俗，乃改为春词。故宋史云"题桃符"也。

今日之门神画，当系由悬苇索变来，挂笺由鸡户变来，春联由题桃符变来，而挂柏枝则魏晋以来根本有之，吾国地大，南北各异其俗。过年之桃符春联万方一致。是可知传来者久矣。

元宵考略

元宵之俗，起于何时，无考。荆楚岁时记，为记岁时风俗之祖，无元宵字样，唯正月十五日祭紫姑神耳。西都杂记："正月十五日夜，敕许金吾弛禁，前后各一日。"据此，则汉代此日，已彻夜寻欢，夜不禁行。但未称元宵，而亦未知是何种寻乐法也。至唐代，始称此夕为元夜，如花灯之举，贞观以来，殆已有之。及风流天子，唐明皇时代，遂称极盛。唐苏味道诗："火树银花合，星桥铁锁开"，形容长安当日景况，已绚丽之至。玄宗睿宗均曾临安福门观灯，正史且书之，帝王家与人民同时尽乐，一年之间，赖有此日。至宋代，扩大而有鳌山之盛，宣和遗事，曾以亨篇专记其事。甚至一平常妇人可以至皇宫前取酒饮。殆举国若狂矣。

元宵吃汤圆，亦在宋代前，原称浮圆子，宋周必大有吃浮圆子诗。古人食此，或取团圆之意，因在元宵食之，遂直名元宵耳。

元宵亦名上元，名种类书，亦恒难举其来源。惟此上元，与道家之上元异。武帝内侍之上元夫人，系七月七日故事，与正月十五无关。梅兰芳有此识，于元宵常演之。……

我作小孩的时候

小朋友们，你或者知道我是什么人。如其不然，你爸爸和妈妈，是看新民报的，他会告诉你，我是什么人。因为我和小朋友，大概是有缘的，这话怎么说？小朋友们，最小的时候，喜欢听故事，看小人儿书，大一点儿，就爱看小说儿了，我就是个写小说儿的。你不爱打听打听作小孩子的时候，是怎么回事吗？现在，我愿介绍我作小孩子时代一段历史，今天儿童节，算逗个趣儿罢。

我今年五十三岁，提到我的儿时，至少得倒算回去四十多年。那时，是满清光绪年间，男人头上，都挂着一条大辫子，女人全是小脚，不用多提，单这么两件事，就恍如在另外一个星球上了。闲话少说，我得提我自己。我六岁的时候，就蓄了辫子啦。在光和尚头左半边，头发养个歪桃儿。头发长了，梳个小辫儿，有那么尺把长，上面用红头绳扎着寸来长的根，下面再用红绳拴着辫梢，拖出来两三寸，和小辫子搭在肩上。现在那家小孩是这么打扮？人家要不说是马戏班里的小丑，那才怪哩！我穿的衣服呢，总是大领子，就像今天和尚穿的衣服一样，不过没有那样长，只是平磕膝盖儿，袖子四五寸大腰身挺肥。而且不作兴穿素的，不是有颜色的，就是花的。我脑子里还有个影儿，穿着一件蓝底白印花的褂子，罩在短袄子上，那大圆领还是红绸子做的呢。裤子呢？那时，小孩儿不系裤带，裤腰上前后有四个到八个绊儿，用绳子挂在肩上，倒有些像如今穿西装的背带。四十年前，可没线织袜子，都是白布的，外套各种花鞋。有云头儿，方头儿，老虎头儿多种，左右脚任穿，不分脚，现在那位小朋友，要这么打扮起来，公园里一溜达，人家不当新稀哈儿看吗？

人的知识进步了，衣食住行，也就跟着进步。小朋友们生在于今，是比我们作小孩子的时候享受多了。请问，谁愿意学我当年那分打扮呢？说到打扮，我愿提起一件有趣的事。是我干妈，送给我一顶青缎子做的带翅儿的乌纱帽，就像今日戏台上知县帽子一样，另外，还有一件蓝绸圆领儿长衫，我非常喜欢，作客总穿戴着。可是我没有鞋子，有人送我一双五色线编的草鞋，我竟是穿着，和那乌纱帽蓝袍配上，当日我美极了。于今想起来，自己都笑掉牙，由于说我心爱的，让我想起几件心爱东西：第一，是两头山羊。第二，是我祖父部下，给我做的一把木质斫刀！因为我祖父是当时一员武将呀。第三，是一把小弓，几枝没镞儿的小箭，这是弓箭店里送的。当年的武器，还有一部分是这玩艺儿哩。我祖父的衙门很大，里院的回廊，就够跑百多步。遇到新年，我戴上乌纱帽穿上蓝衫，身上背着弓，腰里挂着箭袋，肩上扛着木刀，手上牵着羊，当了马，绕迴廊这么一跑，这神气就大了。可是美中不足，那木斫刀，是钉子钉在刀斫上的。使劲一舞，刀就弯下来了。我祖父部下，都说我玩的是剃头刀呢。本来吗，就很像。

别尽谈玩，该说念书啦。我七岁上学，那时叫着“破蒙”。

早上一进学堂，坐上位子，就念三字经，得大声念。我可是干嚷，什么意思全都不懂，就说开头四句："人之初，性本善。性相近，习相远。"小朋友你懂吗！一堂学生，二三十人，像打翻了虾蟆笼似的乱嚷，那先生板着永远不开笑容的脸，拿着竹板子在桌上直拍，拍的吧吧吧乱响，吆喝着："念，念，念熟了背。"一直把不懂的书念三四小时，除了到先生面前背书上书，不能离开位子，医院吃药，也比这好受。中午放学回家吃饭，吃完了，赶紧上学。这就伏在桌上描红模子啦。描红模子的时候不是不念书了吗？全书房像死去了一样！谁都不能哼一声儿。你要是和邻座同学说句话儿。拍！头上三个爆栗，先生悄悄儿的走过来揍人了。写完了字，大家可以呆坐在位子上一两小时，你以为这是休息吗？可更难受。什么不能动，又不许说话，多难受。偶然偷偷儿的在纸上画个小人儿，或是在抽屉里摺个纸玩意，先生不看到便罢，若是看到了，拧着耳朵，到孔夫子神位前去跪着。休息完了，又念书，直念到窗户里黑得看不见字，才放学。一年三百六十日，天天如此，直到放年学，才算喘过一口气。这是当什么学生，简直是坐牢啦。

小朋友们，你生在文明时代，受着时代教育，不用说，一天只念几点钟书，学校里有图书，有唱歌，男老师，女老师对你那样亲爱。念六天，就是星期，多么自在！你们若再不好好的念书，可就有福不知福了。再说，你们的书，念到那里，可以懂到那里，除了记住生字，念着没有一点困难，真是容易。当年我们念书，像瞎子看榜似的，既难懂，不但不好记，就连上口念都费劲。大一点儿，念四书五经是没韵的，难念极了。举一个例，像念四书里的《孟子》，小孩儿就有句歌儿，叫着是："孟子见梁惠王，打得叫爹叫娘"。我们可逮着苦字了。小朋友，我这老小孩子，真羡慕你们的读书生活。

清明哭二弟

愚男女兄妹六，男四而女二，虽先君见背甚早，而均赖慈帏抚育得以长成。愚居长，于先君弥留之际，慨然以弟妹教育婚嫁自任，而使先君瞑目。时方十七，今日思之，真孟浪也。幸除二弟啸空外，其余皆得以愚稿费而大学毕业。愚初亦非不欲啸空就学，顾吾人丧父时，彼已十三，续读私塾二年后，愚尚无糊口之业，无已，乃就商。然好读杂志小说，尤习秋水轩尺牍，与聊斋志异，商余作柬，典雅可诵，愚甚善之。愚北上后二年，啸空弃商而就愚，愚介之世界日报任校对，称职。社长舍我兄善之，使写法庭旁听记，每篇出，如短篇小说，乃成一时日报风气。于是十年，遍任世界晚报经理编辑两部职务。七七时，全家已南下二年，啸空尚携妻儿留平供职，因肺病甚剧，不治死。时日军已入城，友朋皆逃生不遑，由穷戚数家，草草殡殓。后得友人助，葬于扬州义地。其妻儿于南京一日七次警报中，见愚于病榻，愚一恸几绝也。

愚小与啸空同被，后同窗，长复同事，事愚甚恭。其为人豪爽无城府，事母谨，与人无争，一切亦与愚同，故友爱甚笃。且方面大耳，声音宏亮，似可永年，不期竟中道分手。去年北上，愚携束纸壶浆，于荒草乱冢中为之作清明。十年一别，相逢已隔三尺土矣。今年清明，吊之，时正风沙蔽日，旷野萧然，乱坟中两三枯树，鸣其条呼呼有声，状至凄苦。忆儿时与啸空下学时，在校园大树下同打秋千，如昨日事，彼且墓木拱矣，就冢焚纸，低呼啸空名：尔妻儿无恙，知兄来耶？焚纸酹浆，明知妄诞，然不如是，何以慰我惓惓之思耶？归来莫掩其悲楚，走笔为之记。

无花无烟也无灯

今日是文艺节，又是五四，我们应该写一段文章，纪念纪念，可是让我们说什么是好？难道现在干文艺的人，还有什么可庆祝的吗？打油诗人，一句不离本行，而今日也就江郎才尽，打不出一滴油来。好在千家诗，唐诗三百首之类，倒也念了不少，抄王禹偁一首清明七绝，借花献佛罢，那诗说：

无花无酒过清明，兴味萧然似野僧。昨日邻家乞新火，晓窗分与读书灯。

这位王先生，无花无酒，还不算惨，不知道他是怎么搞的？清明前一天，寒食禁火，晚来由公家分火出来，分到大家，已经天亮了。天亮还点什么灯呢？好像说，米来了，人可早已饿干了，用不着米了。

黑巷行

虽然经过长期菜油灯的训练，我们生活在这名城里，缺少了电灯，总觉得环境不大调和似的。家住城西，左右很少达官贵人，停电是宁滥毋缺。而在煤油灯下，又老提不起笔来，于是借这停电之赐，常溜他一趟大街。安步当车，藉资消遣。

到北平来，用不着手杖。但我有一枝川友所赠的名制，已随行万里，在安步当车的时候，这责任就付给了它。出我的家门，黑蜮蜮的走上门前大路，上闹市，又要穿过一条毕直长远的大胡同，胡同里是更黑，我扶手杖，手杖也扶着我。胡同里是土地，有些车辙和干坑，若没有手杖探索着，这路就不好走，在西头遥远的望着东头，一丛火光，遥知那是大街。可是面前漆黑，又加上了几丛黑森森的大树。有些人家门前的街树，赛过王氏三槐，一排五六棵，挤上了胡同中心，添加了阴森之气，抬头看胡同上一片暗空，小星点儿像银豆散布，已没有光可借。眼前没人，一人望了那丛火光走去，显着这胡同是格外的长。手杖和脚步移动，其声的笃入耳。偶然吱咯吱咯，一阵响声，是不带灯的三轮儿，敲着铁尺过来，嗤的一声由身边擦过去，吓我一跳。再走一截，树荫下出来个人，又吓我一跳。一个仿佛是女子，一个手扶自行车的，女的推开路边小门儿进去了，自行车悠然而逝。再过去，一个黑影，从地跃起，汪的一声跑了。自后是无所遇，只有隐隐中，看到人家街门参差着，相对向我紧闭。走近一片矮店，门板门缝里，放出几线灯光。里面有人说话声，这颇有点诗意，此行不无所获。我没出胡同，我又回去了。

野菊瓶供

西南各省，乡野多野菊，丛生。叶与菊不异，花小如钱，堆叠成锦。花多黄色，状类金钱菊而细，瓣仅一二匝，心特大，占全花面积三分之二。嗅之，亦有菊香。重庆郊外，尤多此物，田沟路侧，触目皆是，人以荆棘视之，无注意者。予居南温泉山谷间，常以此物作瓶供，偶得白色者，丛集如雪。空瓶之半，杂以珊瑚子，辄以为清雅入画。珊瑚子者，予所赐名，是处人谓之红子子，其物为灌木、高二三尺，枝叶类杜鹃，惟多刺，春间开小白花，若珍珠梅，夏季结实，大如豆，入秋则红，光润如珊瑚，且每枝丛结成球，姿态颜色，远胜天竹。秋后虽落，然犹留存四五苍翠者杂红子间，情调极佳，其繁殖亦如野菊，遍山可见。予以是贱物供书案，见者皆以为化平凡作奇异。予但笑答清风明月，不用一钱买也。人生贵自适其适耳，而亦自得其乐。予现居文化古城，耳目之供，但有钱，何求不得，然其郁郁，远胜于深谷茅居时矣。每不快，辄有返求草檐板窗之志，常自问，而自不能答也。

故乡的小年

江南人有个过小年的习惯，那日子是腊月二十四。由江苏安徽江西而上溯，都有这个习惯。我不知两湖的情形怎么样，我对于故乡的安徽小年，有着深切的印象。

冬日多晴，太阳晒在田野上黄黄的。稻田里冬季种麦，麦苗长得像嫩韭菜，远望已是一片青，近看却是一行行的绿线。这不能说是草色遥看近却无，但也很有那意思。乡下人穿上有七八年历史的布棉袍，也穿上了袜子鞋。小孩儿提着竹篮，大人托着长托盘。盘子里是纸钱香烛鞭炮，茶酒斋饭。木托盘里是鸡肉鱼三牲。在那鸡子黄似山头太阳光下，冲着麦田上的晚风，轮流着去上祖坟。拜祖坟的意思，是请祖先回家过年。的确，他们是真请，做到祭神如神在的姿态。晚上，掩着大门，挂上两个红字灯笼。假如屋子是四进，四进门的堂屋门都敞着，好让祖先成群进来。最后一进客屋是神堂，香烛三牲，再祀祖一番，由大到小，依着辈分，年龄磕头。最后，是饱啖一顿了。其实，这也就是全家的目的，尤其是小孩，真有人在前两天就算计着这顿吃的。当吃臭咸萝卜喝红米粥的时候，想到小年夜的大块肉，就多吃两碗。

每次领导我们磕头的，是大五房的大叔。最近，他过世了，他不迎接祖先了，成了被迎接的新客。我最近一支的男长辈，已经没有了。领导磕头，应该是小二房的大哥二哥和本房里的我。在过年制度里，我们升了级。照说，这是一种荣耀。而仔细的想，这是一种人生的悲哀。虽然我没有在家过年，我遥想着今年领导磕头的二哥，在斜阳麦垄上走的时候，那情绪不会是快乐。

槐阴呓语

——沱茶好

"听罢笙歌樵唱好，看完花卉稻芒香"，世上真有这样的情理。何以知这？请证之于我的品茶。

我之喝茶，那是出了名的。而我喝茶，又是明清小品式的，喜欢冲淡。这只有六安瓜片，杭州明前，洞庭碧螺，最为合适。在四川九年，这可苦了我。四川是喝沱茶的，味重，色浓，对付不了。我对于吃平价米，戴起老花眼镜挑谷子，毫无难色，只有找不着淡茶，颇是窘相毕露。后来茶叶公司有湖北的淡茶输入，倒是对龙井之类，有"状似淞江之鲈"的好处。但四川茶，也并非全不合我口味。我还记得清楚，五三大轰炸这夜，在胡子昂兄家里晚饭，那一杯自制沱茶，色香味均佳，我至今每喝不忘。又逛灌口的时候，在二王庙买了两斤山上清茶，喝了一个月的舒服茶。"当时经过浑无赖，事后相思尽可怜。"我不知怎么着，有一点"怀古之幽情"了。在北平买不到好茶叶喝，你将认为是个笑话。然而我以北平土话答复你，"现在吗！"前晚我亲自跑了几家茶叶店，请对付点好龙井，说什么也不行。要就是柜上卖的。回家之后，肝气上升。我几乎学了范增的撞碎玉斗。但我不像苏东坡说的“归而谋诸妇”。可是她竟仿了那话“家有斗酒，为君藏之久矣”。她把曹仲英兄早送的一块沱茶，给我熬了一壶。喝过之后，连声说过瘾。仲英兄休怪，这并不是比之于樵唱稻芒，或是“渴者易为饮”。原因是我喜欢明清小品的，而变了觉得两汉赋体的“大块文章”也很好了。

“一粟中见大千世界”，而我感到我们是一种什么的生活反映。

逛故宫杂感

逛过一趟故宫，就让人想到，作皇帝的人，为什么住这样多的房子？但同时又对皇帝取着同情而又可怜的心，他不就是终身幽禁在这几道高墙里面吗？住的真也不算多。几个城墙圈子以外，有多大的天地，恐怕他还是茫然呢。以这样的人把握住一国人民的命运，简直是瞎子摸象。

不过话又说回来了，走尽天下名山大川，看尽人间桑田沧海之流，也不见得就懂得世道艰难，人生疾苦。汉高祖起自泗上亭长，和项羽厮拼了那样多年而统一天下。这个人应该是有办法的。然而祸起宫闱，几乎闹个传不二世，蹈了秦始皇的覆辙。这是个先跑路后作皇帝的。再看他的上手秦始皇，灭了六国之后，周游天下，他除了上山看云，临海观潮而外，更不能知道什么。“中道崩殂”，先匈奴而作“帝羓”。这似乎比那终身不出大圈圈里的小圈圈，小圈圈里的黄圈圈，也未见得有何高明之处。

清代的康熙与乾隆，都一再南巡，他们虽不完全是玩儿去了，但那政治的意味，也不见得怎样深厚。两次接驾的曹寅之家，就深感到那滋味。曹雪芹在红楼梦里曾说“银子花得像流海水似的”。康熙如此，乾隆只有加甚，这样的出城来瞧瞧，题些柳浪闻莺，断桥残雪的匾额，不但于国计民生无补，反是把老百姓拖苦了。这真成了那话：“我公不出，如苍生何？我公果出，苍生如公何”了。

算来算去，只有一个大禹是跑路跑出办法来的，可是考据家，又说这个皇帝有些靠不住。这真让逛故宫而吊古抚今的人儿大叹其气了。

文苑语丝

红楼梦中三侍儿

吾读红楼梦，得侍女三人，曰鸳鸯紫鹃平儿。柳湘莲谓贾府除一对石狮子外，无干净人物，非深知贾府者也。

鸳鸯以身殉主，已为士大夫所难。紫鹃之于黛玉，则生死两难，有孤臣孽子之心，尤不易矣。至于平儿，起自凡庸，深受宠幸。而凤姐残刻成性无往不忌，其对于平儿，独视为亲信不二之臣，此非古人所谓至诚所感者，曷克臻此哉?

士君子怀才不遇，辄发浩叹。殊不知怀才遇人，而不知所以处之，尤能令全局皆非。忠如曾国藩，逊清犹不能无疑，更何况其富贵不可言之韩信哉?故持身涉世，杜渐防微，正不必以瓜田李下之嫌为拘泥。世有读红楼梦者可起平儿而师之矣。

考据谈微

予偶作嫦娥奔月考，得竹心澄波李诗三君，更发其微，甚以为慰。窃以为一问题出，读者皆执如是态度，则报尾巴之为报尾巴，当不仅茶余酒后之助而已。

因是，仆既感考据之难，而又觉易流于荒诞不经。此读书人亦不可知者。唐诗：天子呼来不上船，此七字已明白如话矣。而考据家乃以船为衣领，谓李白见天子而不整领。袁子才曾力诋之。又如毛诗，亦既见止，亦既觏止，此诗之复句法也。而郑康成以觏为交觏之觏，后世乃列为疑案。是皆穿凿附会，考据过甚之故也。

故吾人言考据，以为当适可而止。证嫦娥为恒娥常娥，均无不可。若以奔月为扮肉，此则古人搬腹笥处，徒见其卖弄家私，无当事理，未可信也。

汪派武家坡词

“一马离了西凉界”。只唱此一句，无人不知是武家坡剧内倒板也。若唱“披星戴月奔长安”，则大抵十有九人，不知其出处矣。其实亦武家坡剧内倒板也。

闻之半内行，武家坡戏词，有两种，一为谭派，一为汪派。谭派为今日妇孺皆知者。毋庸赘笔，汪派之剧词，则与谭派略有不同，其薛平贵所唱倒板，元板西皮云：不分昼夜回家园，在三关离别了公主代战。快板，一马来在武家坡前。柳阴树，拴了红鬃马，尊一声众大嫂，借问一言。此与谭派之不由人一阵阵泪洒襟怀，真无一字同矣。王凤卿之武家坡，宗汪，惜不常唱，予未及一观，未知是否如此唱法也。

红楼梦戏

红楼梦的情节，不像旁的小说，有段落可分的。也不像旁的小说，除了主人翁之外，正正经经，还特为旁人作小传的。他这一部书，只是宝黛钗三个人是正角。此外影子和陪客，很少自成局面的一段故事。我们要想在长江大河，源源不绝的中间，勉强割裂一部分下来，很费剪裁的。若说替三个主人翁编一部有始有终的戏，那非连台五十本不可。但是红楼梦写一个大家庭，只是琐碎的白描，又不是拿许多曲折的事情来铺叙。真个演成连台五十本，恐怕也要成为催眠戏了。

勉强说：除了已编成的风月宝鉴，鸳鸯剑，稍为成规模外，还有芙蓉诔，和司棋殉情两段故事，还值得铺排。像黛玉葬花的情节，已经□松了。至于千金一笑，真个不知所云。南方有黛玉焚稿一剧，情节倒是好，可惜又不容易演。至于宝玉出家呢，也苦于开场有二十四史，从何说起之感。

女伶清秀些的，扮演林黛玉，那还罢了（我反对男伶饰此角）。这个贾宝玉，无论男伶女伶饰，总不免现出他的呆笨，浮滑，伧俗，浅陋出来。至于年龄不合，这还是小事呢，所以红楼戏不好演，不宜演。

古装电影

中国人演时装电影，还没有什么成绩。他们又在大演特演古装电影，我真觉得他们的胆大。照着现代的人，表演现代的人生，这应该是容易的事，可是他们往往弄得不知所云。而今又要把现代的人，去变成古人，我们敢信没错吗?

起居礼仪，今古皆不同，暂且不提。第一，这衣服冠履，就大费考究。至于旧戏台上那些东西，一大半是明制。又由伶人自作聪明加些花样在内，已经牛头不对马嘴。若是到旧戏箱里去套古装，简直是同道于盲了。就算衣服冠履可以办到古式，表演在家一段，屋中必有陈设，陈设必得仿古。若是出外，出外必有车轿，这车轿也得仿古式。不但此也，电影上的人，在家住的房子，出外走的道路，哪一样不要古式。这要全办到，不是难事吗?

我以为要演古装电影，唐宋以下，勉强还可以试试。若是唐宋以上，演至秦汉，非弄成笑话不可。举两桩小事说：那个时候不用钱，不写楷书。稍为不留心，字幕或内景里面（非说明）就容易露出马脚了。上海现正在演刘备招亲一片，不知他们有什么考究，敢下手演起来，若有来京之一日，我必又破戒，看一次中国电影。

民间情曲开场

我小时，常听到人唱一种瓜子仁的曲子。曲子头几句，我还记得。他说：一位大姐住在大路边，一卖酒来二卖烟。还是来吃酒？还是来吃烟。小小的生意要现钱。瓜子仁儿咧，要卖钱。每段里面，加一句瓜子仁在里面，无可取义。也像十把扇子里面，加上柳青三个字一般。但是这种办法，脱自竹枝词，来源是很远的了。

情曲之最难听的，应算泗州调打牙牌麻城歌。他不但是词难听，音韵也最浊。麻城歌是要用麻城音唱的。而流传南北，却都是用武昌音唱。他□场上说：太阳满天下，思想奴冤家，想起了冤家遍身麻。听这种曲子，也不由得人不遍身麻了。

泗州调，不用我提了。左手拿着文明棍，右手拿着大皮包，谁也听过的。那种恶劣，真不可言喻。

猴儿崽子与西崽

小时看红楼梦，读到什么小蹄子，浪蹄子，猴儿崽子，总是用意思去忖度，以为大概是骂人的话。至于骂人的程度如何，到如今不曾得一个准确的解释。虽然有许多朋友说：小蹄子，就是小脚，我想总不对。不然，浪蹄子怎解呢？再说曹雪芹先生，他是旗人。红楼梦既是他的影史，他家当然并没有小脚，这小蹄子三字，是不应该见的。况且小脚是前代一种雅观的东西，又何骂之有。这话是不能成立的。

谈到猴儿崽子，我倒有点发现。北京人不是常骂人兔崽子吗？然则猴儿崽子和兔崽子，总没有多大分别。崽子呢，总是下贱之意吧？昨日看书，无意中在笔记上看到一段崽子典，我才恍然大悟。其文如下：

北齐许散愁，自少不登娈童之床，不入季女之室。水经注：娈童卯女，弱年崽子，崽音宰。选诗肆呈：窈窕容路。原来崽是娈童。耀使娟子，皆指娈童之属也。儿崽子，就是如猴子一般的娈童了。和北京所称兔子，正是一样。不过这样一来，兔崽子三字，就堆迭不通了。

我于是想到给外国人当听差的，中国叫他为西崽。特嫌不好，他却是得意洋洋的承认。但是照字义解起来，那不把他骂苦了吗？向来骂人媚外为洋奴，以为很刻薄，其实倒不如直称他西崽最厉害哩。

情之描写

情非俗子可言之物，贵之不俗者几人？于是能言情者寡矣。

以杏眼，桃腮，柳腰，莲步，形容一个美人。则其文字愈多粉饰，愈令美人成为魔鬼。善写美人者，于一颦一笑，一言一动之间，略一点染，美人便能跃然纸上，奚事多求哉？

以哥哥妹妹，携手接吻，形容爱情者。则其文字愈着力，愈令一对情人，成为野兽。善写爱情者，亦只于一颦一笑，一言一动，略略点染而已。

情之冲动第一步为害羞，而以害羞为最难写。今人为此着，动曰某人红了脸，一何可笑！

稻香老农

曹雪芹作红楼梦，形容贾府无一完人，柳湘莲之言，所谓除了门前一对石狮子，无一干净者，何其著笔之刻毒也？说者且谓荣宁二府，即曹氏之家传，则曹于其父母，亦不能无微词矣。

惟贾宝玉之寡嫂李纨，幽闲贞静，曹处之于稻香村，绝无一字之贬，尽其量言之，李碌碌于脂粉丛中，无所表见耳。而正赖此，以保其天真也。曹写红楼梦中人用笔之忠厚，未有过于此者。吾以是曹雪芹而果有嫂，亦贤妇人已。不然，曹何独厚于李纨耶？读红楼梦之人，能悟及于此者，盖寡矣。

由小蹄子谈到考据

我从前为了红楼梦上小蹄子三字，大费考证。在明珠上也曾讨论过多次。虽然有人说，那是指小脚女孩子，那决定不对。红楼梦记得是旗人家里的事，旗人并不包脚，何来小蹄子？况且红楼梦书上写家庭琐事，无所不谈，独没有提到鞋脚。可见红楼梦上小蹄子三字，决不是指脚。据我山东朋友说：山东叫婢女作小妮子，或者小蹄子是小妮子的转音。

北京人现在称女儿做丫头，颇有疼爱之意在内。但有时候骂起人来，也称女孩子为丫头，丫头又是骂人的话了。不过丫头两个字，在古人的意思，是指梳发髻的女孩子，却不是称婢女。所以刘禹锡寄小樊诗：花面丫头十三四，春来绰约向人时。又舆地志上说：弋阳有大石如人首而岐，名丫头岩。或题诗云：何不梳妆使嫁休？长教人唤作丫头。北京各中学的女学生，都是梳两个髻儿，真个是丫头了。大概古来的婢女，都是梳两个头的，主人为称呼便利起见，就叫做丫头，于是乎就叫出名了。

这样小小的一件事，就有这些个周转，而且我们所知道的，又不过千百分之一二，于此可知考据一件事，不是容易事。至于小蹄子究竟是否指小妮子，因小妮子又到丫头，那还是不能证明。红楼梦脱稿的时候，到如今不过二百年，二百年间的京话，今天在北京还不能指出，而今而后，也就难说了。所以考据的文字，我们还是那句话，尽信书则不如无书。

孃与娘

这一程子，上下古今谈，多是辩论文字。昨天遇到两个朋友，要我找一点实在的材料谈一谈。实在的材料，当然是有，但是一部念四史，从何说起呢？后来朋友手里，拿着一本日文杂志。见杂志上有一个孃字，就有人说这是日本造的字。我说：不，这字在中国，从前用得很普通的。现在就以这字为题，说将起来。

我们读过木兰词，应记得朝离爷孃去，以及不闻爷孃唤女声等句，那个孃字，就是现在的娘字，大概唐代以上，是不大用这女边着良的娘字，譬如杜诗，爷孃妻子走相送，这也是一证。当时我和朋友一谈，大家恍然。

我回家之后，把故纸堆中几本破书，找了一找，关于孃字的，还有以下几条。（一）辍耕录：娘子俗书也，古无之，作襄为是。（二）说文：孃，烦扰也，肥大也。（三）广韵：孃，母称娘，少女之号。由第三点说来，现在日本人所用的这个孃字，似乎有些和原来的汉文相反了。

广韵所说，并不空泛，古诗里的娘字，大概都指着少女，像子夜歌，见娘喜容媚，愿得结金兰。是很明了的。不过日本不用娘，而用孃，究竟是何理由，我不懂日文，我就不得而知了。

作大狮子吼

或问哀梨曰：人有瞧尔不起者，尔将何以应付之？哀梨曰：彼果胜我乎？瞧不起我，当也，我应师事之。彼不如我乎？则瞧不起我，是无知也，吾何暇怪之？

前不见古人，后不见来者，为豪杰所不堪事。唯其如此，责任斯重。是伟大人物，所无法放其仔肩者也。

孟子曰：人皆可以为尧舜。此为最警惕后生之言。孟子一生功夫，初不出此。范文正作秀才时，便以天下为己任，亦此意耳。

黄河落日之间，奏西风出塞之曲。儿女子不忍见闻，大丈夫则以为人生最痛快时也。

虬髯公以仇人头作下酒物，亦鞭尸三百之意。然大丈夫只应付能敌我者。人死已如粪土，何仇视之有？故吾独嫌其量小。

狂为入圣之初步，非可蔑视。然今之所谓狂者，则妄人耳。

架子花

架子花脸，以黄润甫为第一名手。从前以架子花脸称者，有钱宝芬有庆四。不过庆四系铜鎚专门，架子仅偶尔扮演。黄幼年好学，对于钱庆二人之长，悉心临摹，故尤觉后来居上，至今平津人士谈花脸之佳者，莫不钱庆黄三人并举。黄又善演曹操戏，红袍白面，奸相如绘。其次黄盖之脸谱，亦极动人。彼尝谓人曰：余之奸佞做作，博社会活曹操之声誉，实叨庆四之赐钩脸有特别色彩，使人注目，则钱宝芬所授。钱氏脸谱为梨园独步，至今观金福所钩之脸可知矣。

其演下河东取洛阳等剧，使人见之切齿，听之悲愤。年七十余犹登台演重头戏，在台下已老眼昏花，龙钟衰迈，而上台演戏，精神台步，曾不因之稍懈，以较目前之裘桂仙，逊黄多多。袁项城长逝之日，黄三亦骑鲸西去。歌楼失此善状奸雄之名伶，黯色不少。近如郝寿臣侯喜瑞董俊峰，皆以力追黄三为事者，然皆相去甚远。……其余争相摹拟者，不知凡几，而肖者竟不可得。叫天之后尚有叔岩绵一线之延，渊甫之后竟无人继，论者惜之。

芥子园画谱

孤血以本珠日来借房子之风其盛。不免技痒。予于本房子，亦有要事，暂借一用。

昔得孤血画，附某君（忘其名，甚歉）一纸，嘱转询牧野，习中国墨笔画，雅不欲用芥子园为样本，问将何所取材？愚以文债棼如，忽略其事。兹询牧野，牧野亦无确当之答复也。愚意王安节用科学的手腕，编辑中国画方法，其与马氏文通，同为中国文艺界的破天荒之举动，纵不绝后，实亦空前。舍芥子园画集外，欲觅画学津梁之线装书，不可得也。予幼年亦好画，除学校教师所授外，完全得之芥子园。集中如石之皱法，树之点叶法，简单明了，显而易学。又如翎毛花卉之动笔法，亦从幼胡乱下手而未得其道者。故愚以为自习中国画而不欲一临芥子园，未见有好法也。芥子园之短处，在只有墨笔，而不着色，并亦无水墨之渲染，然此为印刷所限，无可如何事。无已，则参考今日商务印书馆中华书局之学校画谱，或可补其一二乎？

钟馗出处

昨有人投函，询予钟馗故事者。予以前对此，曾为一文记之。今特重录出以答询者。

钟馗啖鬼事，时俗相传已久，清人某氏本此作捉鬼传，市上所售书，均曰捉鬼传。据友彝云：刻本则为斩鬼传嬉笑怒骂，极讽世之能事。唯其文字不甚高贵，故不得入著作之林耳。此书为何人所作，尚无从考查，以书所引事实言之，作者当为乾隆以上人，殆亦科场不得意者也。至钟馗其人，则固有所本。

天中记云：“唐明皇病疟，昼梦一大鬼，破帽蓝袍，角带，朝靴，捉小鬼啖之。自称终南进士钟馗，尝应举不第，触阶死。明皇觉而瘳，诏吴道子画其像。”一由是言之，其事乃由明皇一梦所传出，今日世俗所传钟馗像，则出自吴道子也。

钟馗之来源，既属如此，则如杜拾姨姨之与杜十姨，子虚乌有，诚无须细考。唯唐代末年，翰林院于发暮即进钟馗像，民间则多贴于门首，意者明皇之前即有此，因其一梦，事乃大着欤？

宋益则名画录云："每年抄冬末旬，翰林例进钟馗"。又云："蒲师训，蜀人也。甲寅岁，春末，蜀主（昶）或梦一人，破帽，故栏，庞眉，大目，方颐，广颡，立于殿阶。跛一足曰：请修理之。言讫，寝觉，翌日因检他籍，见此古画，是前所梦者。故绢穿损画之左足。遂命师训验此画是谁之笔。对云：唐吴道子之笔，曾应明皇梦云：店者神也。"据此，可证吴道子确曾一度画钟馗像，钟馗在宋时，当已妇孺皆知矣。

顾氏日知录，曾力辟钟馗之为妄，谓即考工记逐鬼之终葵。葵者椎也，非人也。终葵与钟馗，音甚同，顾氏所云，亦固有理。又北魏尧喧，字钟葵，号僻邪，亦足以证明之。然后人既知其来自梦中，如张博望溯河而犯斗牛，正可不言而知其妄，亦不必纠正之耳。

科举时代，考房中，尝有朱笔钟馗传出，云甚可贵，未知何据而云然。又近代民家悬钟馗，均在端午，而非如唐宋悬于岁暮，亦不知变自何时也。

集唐诗带嵌字

“裁”缝减尽针线路，“兵”气化为日月光。徐文铮虽然死去这些年，然而他这一联集唐，毫不费力的，把裁兵二字嵌进了，而且对仗那样工整，我们觉得他真有点小聪明，还值得纪念啦。

这为什么，因为这嵌字联，本来就不容易，而况是在唐诗里找呢。由此，我便想到嵌子的诗钟。这是某社诗钟的佳话，乃是女花二字的二唱。集唐共得三联，一是商女不知亡国恨，落花犹似坠楼人。二是青女素娥俱耐冷，名花倾国两相欢。三是神女生涯原是梦，落花时节又逢君。后一联是易实甫得的，于是得了一个元。这种集法，不奇在别处，奇在人人都知道这是唐诗。

小子不才，虽曾读过几句唐诗，可是天性健忘，这样集句的功夫，自谢未能。因为作春明外史的时候，写了一个青楼人物，名叫花君，偶然得了一个感想，她这名字，唐诗上倒不少现成的句子。就拟了个有花堪折直须折，君问归期未有期。对仗本不大工，不过有点意思，小巧而已。最近一度赴艺术家之宴，有林仲易先生在座，谈及此联，原来林琴南老前辈曾送过人，而且仲易先生亲自得见。天下事，不谋而合，有这样巧的，真奇了。然而，我有点犯抄袭之嫌呢。

谈到集句送人，这要算集唐咏武则天最妙，乃是六宫粉黛无颜色，万国衣冠拜衮旒。这是何等的华丽堂皇，不过也可以送西太后呢。李鸿章送维多利亚一联，西望瑶池降王母，东来紫气满函关。倒不失使君语。顺便拉来，写在一处。

当报尾编辑，就是这样苦，稿子要长短庄谐，适得其分。缺哪行，自己只好算后台的零碎，就得抹脸上台。今天算是凑付过去了。末了，来一段笑话。纪晓岚大滑稽家，曾送某庸医一联，是整个儿的孟浩然句，不过颠倒第一句的二三两字。乃是不明才（谐财）主来，多病故人疏（完了，不完何待？）。

这种联话，当然不免于抄。不过是陆陆续续抄在脑子里，今天一股脑儿翻出来。决不是拿了一本书，用打诗条子那种古本对证的办法抄的，附带声明一下。

旧剧中的琴与箫

旧剧里头，凡是剧中人须抚弄乐器的时候，照例是场面上代办，戏子不过是假装吹或抚之势而已。

这个我们本不能苛责戏子，因为他们学戏，已经是费尽九牛二虎之力了，哪里还能去学古乐。不过不会不要紧，他们可又弄成了具体的错误。谈到这里，我们就想起琴与箫了。

琴这样东西，是中国极古的乐器。奏起来，声音非常之俭朴与清缓。一个音，不一定连续一个音。我们常听旧戏的空城计了。孔明丞相在城楼上弹琴的时候，场面上却用三弦或月琴去代，音调非常的急促与繁复，和琴韵恰好来个反比例。有些没听过琴的人，以为琴音就是如此，岂不大谬?

箫，这很无疑义的、大家都认为是现时所吹的箫管了。所以浣纱计的伍子胥，他就是拿一管洞箫上场。吹的时候，场面上用笛子代。也是很急促的，吹上一小段。我们知道箫管声音，是很婉转的，以笛代，根本就不行。而且伍大夫当日吴市乞食所吹的箫，并不是现在的箫管，乃是排箫。排箫是许多竹管列成一排，棒着吹的。吹法如何，现在大音乐家，都在考究中，我自然是不知道。然而戏子和评剧家，从来没有人谈到这一点的。

由此，我们可以明白，旧剧里的排场与一切，都认真不得。只可说是消遣的玩艺，能消遣就行了。

崇尚性灵

大凡侧重性灵之人，其言行多趋于率易。困此学之者，才情不足，便适足以见其浅陋。好谈绳墨之徒，矜持不敢稍逾分寸，遂以侧重性灵为病矣。

王阳明理学，专讲良知良能，凡事理近取诸身，极易了解。而崇拜朱程者病之，以为王心术不正，是为异端。实不知王氏之学，亦正是焦思苦索得出，特不肯在行为上多加涂附而已。袁子才之诗，专出以白描，凡咏事物在得其神情，若不著力。而崇拜岑杜者病之，以为袁标新立异，不知纪律，实不知袁氏之诗，亦正是千锤百炼而出，特不肯在词句上多加雕琢而已。总而言之，则彼等在崇尚天性之流露，不肯以人力而斫伤元气。俗所谓看似平淡，实在艰难者也。

就吾生平所遇而言，反对崇尚性灵之人，大抵年事在四十以上者，为人拘谨而少机变者，生而安稳，不经患难者，好学而资质鲁钝者，好高骛远者。盖此等人其天赋非已斫伤，即未遭培养，不足以语此也。此外亦有以利禄货好之关系，而欠缺侧重性灵之言行，此则故意伪饰郑重，非出于自然，是又当别论者矣。

西江月

北京一种土话小说，有一牢不可破之例规，起首必填一阕西江月。而所谓西江月者，平仄既无，韵叶亦非，惟字句长短，与西江月略似而已。尝见有女界钟小说一篇，其起首之西江月曰：北省连年大旱，土匪到处奔波，今年入夏雨偏多，闹的墙歪屋破。棒子面儿涨价，这个年头别活，词儿道罢就开锣，奉请诸位瞧我。读其词一二句，令人忍俊不禁，文词之俚鄙，事在通俗，此犹不足怪。既云北省连年大旱，又曰今年入夏雨偏多，毋乃矛盾过甚。而小说之名为女界钟，则墙歪屋破，以及棒子面涨价，彼此又有何项关联而开宗明义，独大书特书之，是亦可怪之事矣。

作小说之前，必引一阕西江月等词，似滥觞于今古奇观。而今古奇观中之词本，固极恶劣，仿之者更以此为标准，遂致每下愈况，西江月者徒存其名而无词之一毫意味矣。向来词家对西江月与一剪梅，皆不敢轻填，以免流于浅俗。其实两调皆甚铿锵，不下于临江仙及丑奴儿令。词家以两调甚滥，遂受先入为主之弊，以此调本滥矣。

由此类推，可知天下许多好事，都为一班人滥用所坏，知者惜之，不知者且以为本来如此，是皆可发一叹也。

干炒海参

天下万物，一结便了，无痕迹者，绝非佳名。故颂香之妙者曰：花气沾衣，拂之而十日不去。颂声之佳者曰：余音绕梁，闻之而三日不绝。颂食之美者曰：其味津津，嚼之而留芳齿颊。夫岂真能不去不绝而留芳也哉？则亦其香也声也味也，感人太深，令人思之不忘耳。

人之耳目口鼻，有同好焉，于臭如是，于声于味亦如是，至于文艺之好，酿之于内，发之于外，见之闻之于外，印之会之于心，岂独能外此哉？持此旨以论诗古文词，更及歌曲小说，虽过智者，不易吾言。令人多误会“到民间去”四字之意味，而欲一切文艺，皆须平淡无奇，一目了然而后已。以为不如此，普通人不能了解也。其说初倡，颇有人韪之。既而行之若干时，民间初不接受，而文艺转失其价值。于是更有一部分人更正之曰：文艺本贵族式之物，无须到民间去。其意是矣，然又不彻底。盖智识阶级有知识阶级之文艺，而平民亦有平民之文艺。智识阶级有平民之文艺，而平民犹不受。此犹之无油无酱，干炒海参，令人无法下咽，不能谓平民无文艺也。平民无钱吃海参，亦不能吃干炒海参，然而棒子面，则固日食之矣。此渔歌樵唱之所以不忘于天地间也，彼何须平淡无奇之诗古文词哉？

颂书之美者，辄曰回环展诵，爱不忍释。今则异是，欲令一览天余。……